献给三位被遗忘的伟人：毕加索、乔伊斯和勒·柯布西耶

Jorge Luis Borges
Adolfo Bioy Casares

Crónicas de Bustos Domecq

布斯托斯·多梅克纪事

Jorge Luis Borges
Adolfo Bioy Casares

Crónicas de Bustos Domecq

每种荒谬现在都有了冠军。

> 奥利弗·戈德史密斯，一七六四

每个梦都是一个预言；每个玩笑都是时间子宫里的一份赤诚。

> 吉根神父，一九〇四

目 录

i_ 序言

1_ 致敬塞萨尔·巴拉迪翁

9_ 与拉蒙·博纳维纳一起度过的下午

19_ 寻找绝对

27_ 更新版自然主义

35_ 洛欧米斯多种作品名录及其分析

43_ 一种抽象艺术

51_ 团体主义者

57_ 全戏剧

63_ 一种艺术的萌芽

69_ 通往帕纳斯的阶梯

77_ 好眼光

85_ 缺席无害

91_ 那位多才多艺者：维拉塞科

95_ 我们的一支画笔：塔法斯

99_ 服装 I

107_ 服装 II

111_ 一个闪亮的焦点

117_ 存在即被感知

123_ 休闲机

127_ 永生者

135_ 积极贡献

序　言

应某位多年老友和某位可敬作家之邀，我再次开始面对固执地埋伏在序言作者面前的风险与烦恼。说起来，这些东西倒没有回避我的放大镜。现在轮到我们像荷马描述的那样，在相对而立的两处险境间航行了。一个危险是卡律布狄斯：用很快会被正文内容驱散开的复杂蜃景去奋力吸引无精打采的、丧失了阅读意愿的读者。另一个是斯库拉：压抑我们自己的光彩，以免使接下来的文字材料显得暗淡无光，甚至被湮灭。只是，不可避免地，游戏的规则显然更加强势。我们就像收着爪子，避免一掌下去把驯兽员的脸蛋抓个稀烂的华丽孟加拉虎，遵循着序言这一文类的各种要求，但也没有放下批判的全部解剖刀。

读者一定会有的此类疑虑是不实际的。没有人会想把简洁的高雅、一剑探底的精准、杰出作家的宏大世界观与那掏心掏肺、老实巴交的散文做比较,后者就像是一个穿着拖鞋的老好人在一顿顿午觉间写出的值得称颂的、充满乡巴佬浑话和怨言的纪事。

有传言说,一位布宜诺斯艾利斯的哲学家——出于良好的教养,我不能透露其姓名——已写好一部小说的草稿,如果没有变化的话,这部作品将被命名为《蒙特内格罗一家》,这一流言使我们原先写叙事文的、颇受欢迎的"丑八怪"[1],转身投向了评论界,不过倒不是因为他愚钝或是懒惰。我们就承认吧,这一寻找自己位置的英明举动得到了应有的奖励。除去不止一处无法避免的瑕疵之外,这本今天轮到我们作序的爆炸性的小书显露出了足够的价值。它的文字原料为好奇

---

[1] 对 H. 布斯托斯·多梅克的昵称。(H. 布斯托斯·多梅克注)——原注

的读者带来了此种文类从来没有为人们提供过的兴趣。

在我们所处的混乱年代，负面评价显然已经失去了效力；它首先是一种不考虑我们喜恶的、对民族价值和本地价值的肯定，这些价值，尽管持续时间不长，却划定了当今时代的准则。另一方面，眼前这篇署名为我的序言是一位我与之经常碰面的朋友请求[1]我写的。所以我们还是把注意力集中在它的贡献上吧。带着他的沿海魏玛为其提供的视角，我们估衣铺[2]里的歌德开始了一种百科全书式的记录，一切现代元素都在其间震颤。想潜入小说、抒情诗、旋律、建筑、雕刻、戏剧以及各式各样视听传播手段这些为时代盖章的事物里做研究的人，都不得不撞见这本不可或缺的手册、这条阿里阿德

---

[1] 此话有误。请您重温一下记忆，蒙特内格罗。我从来没有向您请求过任何事；是您自己出现在印刷作坊的，还说了些唐突不当的话。（H. 布斯托斯·多梅克注）——原注

[2] 在蒙特内格罗博士的多次解释之后，我便不再坚持，放弃了那封邀请巴拉尔特博士撰文的电报。（H. 布斯托斯·多梅克注）——原注

涅的线，他会把它攥在手里，直至找到弥诺陶洛斯。

或许会有众声响起，一同指责中心人物的缺席，一位在高雅的概述中，可以将怀疑论者与运动员、文字祭司长与床上的种马调和在一起的中心人物的缺席，不过，我们还是不要将这疏漏归咎于嫉妒心了，尽管它是更合理的解释。我们就说是因为这位匠人天然的谦虚吧，他很明白自己的短处。

在我们正无精打采地翻看这本值得赞扬的小册子时，一次偶然的、对拉姆金·弗门多的提及瞬间驱散了我们的睡意。一种充满灵感的恐惧令我们困扰。这个人物真的有血有肉地存在着吗？他难道不是另一个拉姆金——那个虚构的傀儡、用自己高贵的名字为贝洛克的讽刺故事冠上题目的人物——的相似者或者回声吗？类似这样的烟雾降低了这份为人提供资料的作品的价值，因为它只应该追求保证——请您好好理解一下——诚实、朴素及流畅。

作者在研究巴拉尔特博士的六卷书册——这些书从该博

士那不可抵挡的键盘上涌出,令人喘不过气,内容也没有什么价值——时,对团体主义概念的那种轻率态度同样难以被原谅。作者在各个组合而成的纯粹乌托邦中——那是那位律师的塞壬女妖所耍的手段——停留,忽视了真正的团体主义,而这种主义正是当今的秩序与更稳妥的未来的坚实支柱。

总之,这是一部并不算不体面的作品,还配得上我们用宽容的剑来拍拍它的背。

赫瓦西奥·蒙特内格罗

布宜诺斯艾利斯

一九六六年七月四日

致敬塞萨尔·巴拉迪翁

毫无疑问，当代评论界已达成一种共识，众人都一致称颂塞萨尔·巴拉迪翁作品的繁复多样，赞美其永不枯竭的热情精神；然而，我们不该忘记，共识的形成总有它的道理。同样，我们也难免会提起歌德，不乏有人认为，之所以有这样的联系，是因为这两位伟大作家具有相似的外貌，并且，相对偶然地，他们都曾写过一部《艾格蒙特》。歌德说，他的精神向所有方向的风敞开；巴拉迪翁则避开了这样的断言，的确，他的那一部《艾格蒙特》中没有类似的表态，然而，他所留下的变幻多样的十一卷巨著却证实了，他本人完全可以接受这样的开放态度。歌德与我们的巴拉迪翁都向众人展示了他们的健康和强壮，那是构筑天才作品最好的基础。艺术的俊美农夫，他们双手掌犁，坚定地分开菜畦。

铅笔、雕刀、纸擦笔以及照相机令巴拉迪翁的形象深入人心；对他广为传播的肖像，我们这些认识他本人的人似乎抱持着不公正的轻视态度，因为那形象并不总透着大师本人所散发的威严与男子气概，那仿佛持久、宁静，却不至于耀人眼的光辉的男子气概。

一九〇九年，塞萨尔·巴拉迪翁在日内瓦担任阿根廷共和国领事；在那里，他出版了自己的第一本书：《废弃的公园》。这一被当今的藏书家们竞相争夺的版本是由作者本人努力校对的；然而，毫无节制的印刷错误令其失色不少，因为当时那位加尔文派排版工是位彻彻底底的西班牙语白字先生。对小史大感兴趣的人应该感谢一段如今已无人记得并十分令人不悦的插曲，它唯一的好处就是清楚地阐明了巴拉迪翁文体学概念那几乎不道德的独创性。一九一〇年秋天，一位重要评论家将《废弃的公园》与胡里奥·埃雷拉·伊·雷西格[1]所著的同名作品放在一起进行了比较，意图得出巴拉迪翁——还请诸位忍抑笑

---

1 Julio Herrera y Reissig（1875—1910），乌拉圭诗人、剧作家、散文家，为乌拉圭文学现代主义先锋派领军人物。

意——抄袭的结论。出自两本书的大量引文被放在平行的两栏文字框中出版,据评论家本人所讲,证实了他所提出的非同寻常的指控。然而,这一指控终究落得了一场空;读者们没有把它放在眼里,巴拉迪翁本人也没有屈尊回应。我并不想记起那位小报作者的名字,他很快就意识到了自己的错误,并永远地保持了沉默。不过,显而易见,他的评论实在是盲目得惊人!

一九一一至一九一九年,巴拉迪翁的多产简直达到了非人的程度:他以迅猛之势接续出版了:《奇异之书》、教育小说《爱弥儿》、《艾格蒙特》、《德布希阿纳斯》(第二辑)、《巴斯克维尔的猎犬》、《从亚平宁山脉到安第斯山脉》、《汤姆叔叔的小屋》、《共和国首都划分时期前的布宜诺斯艾利斯》、《法比奥拉》、《农事诗》(奥乔亚译本)、《论占卜》(拉丁语著作)。就在他全情工作时,死亡降临了;据他的挚友证实,在去世前,他的《路加福音》已经准备得差不多了,那是一部《圣经》风格的作品,可惜没有留下草稿,想来如果能读到它,将会是有趣至极的。[1]

---

[1] 因为一次突发奇想,巴拉迪翁选择了希奥·德·圣米盖尔的译本,这大体可以说明他是怎样的一个人了。——原注

巴拉迪翁的方法论是如此多评论专著、博士论文的研究对象，以至于任何新的总结都显得冗余。我们只需大致概括就已足够。它的关键思想已被法雷尔·杜·博斯克在其专著论文《巴拉迪翁—庞德—艾略特之共性》（Ch. 布雷遗孀书局，巴黎，1937）中一针见血地指出来，那便是"单位的延展"。通过引用米利亚姆·艾伦·德·福德的文字，法雷尔·杜·博斯克清楚地将这一点阐明出来。在我们的巴拉迪翁之前及之后，作家们从共享资源中挑选使用的文学单位都是词语，顶多是习语。仅拜占庭的或中世纪僧侣的诗文汇编将审美范畴放宽，收选了整段整段的诗句。在我们的时代，一个抄袭《奥德赛》的片段为庞德《诗章》中的一篇拉开了序幕，T. S. 艾略特的诗作中则包含有戈德史密斯、波德莱尔及魏尔伦的诗句，这已是众所周知的事了。不过，一九〇九年时，巴拉迪翁就已经走得比这更远了。这么说吧，他吞下了一整部作品——胡里奥·埃雷拉·伊·雷西格所著的《废弃的公园》。莫里斯·阿布拉莫维奇私下吐露的话语向我们揭示了巴拉迪翁在面对诗歌创作的艰苦任务时所怀有的细致的顾虑和近乎无情的周密：比起《废弃的公园》，他更偏爱卢贡内斯的《花园的黄昏》,不过他并不认为应当把它模仿出来;相反地,他承认埃雷拉的书在他可能写出的作品之内,在自己的文字中,他已经把这层意思完全表达出来了。巴拉迪翁为书冠上自己的名字,印了出来,没有删除或添加哪怕一个逗号,这是他一贯的原则。在我们面前的,是这个世纪最为重要的文学事件:巴拉迪翁的《废弃的公园》。事实上,比埃雷拉所著的那本同名书更早的书,无论多古老,都会重复更早以前的某部作品。从那一刻起,巴拉迪翁就接受了此前没有人尝试过的任务,那便是潜入自己的灵魂深处,出版能表达那灵魂的书籍,但绝不为已经存在的沉重书库增加负担,也绝不会落入那种"写出了一行字"的廉价虚荣。在东西方的图书馆为他举杯致敬的盛宴上,这位先生怀着永不消减的谦逊,拒绝了《神曲》及《一千零一夜》,仅出于人道考虑,和蔼可亲地屈尊接受了《德布希阿纳斯》(第二辑)!

人们并不清楚地知晓巴拉迪翁思维演化的全部过程;比如,没有人可以解释那座从《德布希阿纳斯》等作品通往《巴斯克维尔的猎犬》的神秘的桥。我们这些人会毫不犹豫地抛出我们的假设:这样的创作轨迹是正常的,是一位超然于浪漫情绪波动之外的伟大作家会走的道路，他终将在经典作品那超乎寻常的宁和中加冕为王。

让我们在此澄清一下，巴拉迪翁一直置身于学院遗风之外，完全无视已死去的语言。一九一八年，带着那如今令我们动容的羞涩，他参考奥乔亚所译的西班牙语版，出版了《农事诗》；一年之后，已经了解了自己精神广度的他又出版了拉丁语版的《论占卜》。是什么样的拉丁语呢？西塞罗的拉丁语！

对于一些评论家来说，在出版过西塞罗和维吉尔的文字之后再出一部福音书，包含着某种背叛经典的意味；而我们则更愿意在这巴拉迪翁没有走出的最后一步中，看到一种精神上的创新。总而言之，那便是由异教走向基督信仰的一条神秘却明晰的路。

没有人能忽视，巴拉迪翁不得不自己出钱来出版他的书籍，且印数少之又少，从未超过三四百本。事实上，他的所有书都一售而光，那些受到慷慨眷顾，有幸得到了《巴斯克维尔的猎犬》的读者纷纷被作品极其特别的个人风格所吸引，渴望着能一读《汤姆叔叔的小屋》为快，但这部作品可能已无处可觅了。正因如此，我们要鼓掌致意，赞美极端反对派的议员代表的壮举，他们在坚定地支持我们文豪中最具原创性、多样性的那一位的官方作品全集。

与拉蒙·博纳维纳一起度过的下午

　　一切统计数据，一切单纯的描述性或信息性的工作，都是以那个璀璨却可能不理智的希望为前提的，那个前提便是，在广博的未来里，类似我们这样但比我们更清醒的人，会从我们留给他们的数据中，推断出某个有用的结论或某段令人钦佩的概括。遍览过拉蒙·博纳维纳的六卷《北一西北》的人可以不止一次地依靠本能察觉到，存在这么一种可能性，更确切地说，存在这么一种需要，在未来一起完善和完结这位大师所奉上的作品。我们得赶紧提醒一下大家，这样的思考完全是个人行为，绝不是博纳维纳所授意的。有人认为，这部他为其奉献一生的作品实现了美学或科学的超越，在我唯一一次与他的对话中，这位先生完全否定了这种观点。时过多年，就让我们来回忆一下那个下午吧。

一九三六年左右，我在《最新时刻》的文学增刊工作。当时主编的兴趣点也包括文学议题，于是便在一个寻常的冬季礼拜日派我去小说家位于埃斯佩莱塔的隐秘居所做采访，那时他已小有名气，只不过还没到特别著名的程度。

他的家直到现在都保存得很好，那是一栋平房，屋顶平台上突兀地立着两个带栏杆的阳台，可悲地显示着预先设计好的更高一层。是博纳维纳本人给我们开的门。他戴着茶色眼镜，就是他流传最广的那张照片上所戴的那副，看起来像是在呼应某种暂时的病痛，对他的轮廓也没有起到任何修饰的作用，他的脸颊很宽很白，五官都像是被隐去了。这么多年后，我能记起的，大概还有一条麻布罩袍和一双土耳其便鞋。

他的礼貌很自然，但也没能掩饰住他的戒备心；最开始，我以为那都是拜谦逊所赐，但很快就明白了，这位先生非常自信，正在不紧不慢地等待众人一致将他推上神坛的时刻。他一直坚持着高标准严要求且无穷尽的工作，所以在时间上很吝啬，几乎，或者说根本就不在乎我为他提供的广告宣传。

他的办公室里——那儿有种乡间牙科诊所候诊室的感觉，

挂着蜡笔海景画，摆着牧人和狗的陶瓷像——书很少，最多的是各行各业以及各个学科的词典。再提一句，书桌的绿毛毡垫上的高倍放大镜和木工尺也并没有让我感到意外。咖啡和烟不断刺激着我们的对谈。

"很显然，我读了很多遍您的作品。不过，我认为，为了让普通读者、让大众能相对更好地理解这部书，您最好能用综述精神来笼统地概括一下《北—西北》的酝酿过程，从最初的细微念头到最终的长篇巨著。"我有点儿胁迫他的意思，"从头道来，从头道来！"

一直没有表情的灰色面孔在那一刻有了神采。随之而来的，将会是倾泄而出的精炼话语。

"最开始，我的计划并没有超出文学范畴，甚至没有超出现实主义范畴。我所渴望的——说起来也不怎么特别——就是写出本土小说，很简单的小说，塑造一些人物，讲述大家所熟知的反对大庄园的抗争。我想到了我的镇子埃斯佩莱塔。我当时对唯美主义一点儿都不感兴趣。只想对当地社会的某个特定方面做出一种很诚恳的见证。最先把我拦住的困难是那些琐碎的细节。比如人物的名字。如果把他们现实中的姓名安在人物身上，就要面临诽谤指控的风险。办公室就在附近的加尔门迪亚博士是个戒备心很强的人，他曾经很肯定地告诉我，埃斯佩莱塔的普通人都很爱找麻烦。不过，还可以编名字，但这就相当于对虚构敞开大门。我于是选择了大写字母加省略号的形式，只是这个办法最终也没能让我满意。随着对主题的深入，我明白了，最大的困难并不是给人物命名；而是精神心理方面的问题。我怎样才能钻进我邻居的脑袋里？怎样才能在不舍弃现实主义的情况下猜出其他人的想法？答案很明白，但是最开始我并不想看到它。我调整目标，瞄准了写出一部家畜小说的可能性。但是怎么才能用直觉去感知一条狗的大脑运作呢？怎么才能进入一个视觉弱于嗅觉的世界呢？我有些晕头转向，撤退到了自我里面，觉得除了写自传之外，已经没有别的选择了。但那儿也有座迷宫。我是谁？今天的我，是否头晕目眩？昨天的我，是否已被忘却？明天的我，是否不可预见？还有什么是比灵魂更不可感知的？如果我为了写作而监视自己，这种监视会改变我；如果我放任自己自动写作，那么我就是在放任自己的漫无目的。不知您是否记得那件事，我想应该是西塞罗讲的吧，说的是一个女子去一座寺庙寻找一道神谕,在不知不觉间说出了一些词句,其中就包含了她自己所期望的答案。在埃斯佩莱塔,我身上发生了类似的事。我重读了自己的笔记,倒不是想找到一种解决办法,而是想去做一些事情。我要找的钥匙就在那里。就在某个有限的领域这几个字中。我写下它们时,所做的只不过是重复一个稀松平常的比喻;而重读它们时,某种启示让我惊异不已。某个有限的领域……还有哪个领域是比我办公的松木桌的一角更有限的呢?我决定局限于那个角落,局限于那个角落有可能展现给我的东西。我用这把木工尺去量——您可以随意检查——桌腿,证实了桌面位于离地面一米一五的高处,我认为这个高度很合适。再往上不断升高,会有碰到房顶、屋顶平台的风险,很快还会到达天文学所涉及的高度;向下,要是不陷入地球内部,我便会沉入地下室,或者到达亚热带平原。除此之外,那个被选中的角落所呈现的都是有趣的现象。铜质的烟灰缸,还有双头铅笔,一头是蓝色的,另一头是彩色的,等等。

说到这儿,我便按捺不住打断了他:

"我明白,我明白。您讲的是第二章和第三章。我们都了解那个烟灰缸：它的铜质色调、特定重量、直径，铅笔和桌子之间不同的相互关系，标志的设计、工厂价、零售价，以及其他不仅恰当而且严谨的数据。谈起那支铅笔——那可是一支金辉柏873啊——我还能说些什么呢？您发挥您的概括天赋把它压缩在八开二十九页纸上了，哪怕是最难以满足的好奇心都不会再渴望了解更多东西了。"

博纳维纳并没有脸红。他不紧不慢地开始重新掌控那场对话：

"我看，种子并没有落到犁沟外嘛。您已经吃透我的作品了。作为奖励，我赠送给您一个口头附录吧。它涉及的不是作品本身，而是创作者的疑虑。把通常占据书桌北—西北角的物品记录下来是一项赫拉克勒斯式的任务，我花费了两百一十一页的篇幅来记述这项工作，它一完成，我便自问更新存货是否合适，这里说的是专断地引入其他物品，把它们放置在磁场中，废话不说地开始着手描述它们。这样的物品，不可避免地被我的描述任务选中，从这个房间，甚至这栋房子的其他地方被带来，不可能像最开始的那些物品那样自然、自发。然而，它们一旦被放置在那个角落，就变成了现实的一部分，就会呼唤一种类似的待遇。道德与美学的短兵相接！这个难题被面包店派送员的出现解开了，那是一个完全值得信任的年轻人，虽然有些笨拙。我们提到的这个笨人扎尼凯利，按俗话说，到这里是来做我的天外救星的。他的迷糊帮我做了结。怀着带有恐惧的好奇心，我像渎神的人一样，命令他在那个已经空了的角落里放上东西，任意什么东西都可以。他放了一块橡皮、一支自动铅笔，又重新放上了那个烟灰缸。

"著名的贝塔系列！"我突然大叫，"现在我终于明白了那像谜一样的烟灰缸的回归，您用了几乎同样的语句进行重复叙述，只不过这一次还提到了自动铅笔和橡皮。不止一位肤浅的评论家认为他们在这里看到了一个失误……"

博纳维纳插了话：

"我的作品里没有失误。"他带着完全合理的庄重态度声明道，"对自动铅笔和橡皮的提及就是十分有力的标志。在一位您这样的读者面前，去详细描述之后放置的种种物品是没有用的。只需说明，我闭上了双眼，任那个笨人在那儿放上一样或多样东西，之后就上手写作！理论上，我的作品是无穷无尽的,实践上,在处理完第五卷第九百四十一页[1]后,我恢复了自己休息的权利——您就称它为中途小憩吧。"在除此之外的地方,描述主义一直在蔓延扩张。在比利时,人们正在庆祝《水族馆》的第一稿,我想,这部作品在提醒人们去注意那不止一种的异端邪说。在缅甸、巴西以及布尔扎科也都出现了新的热点。"

不知怎么,我感觉到采访已经接近尾声。为了给告别做铺垫,我说:

"大师,在走之前,我想最后再请求您一件事。我可以看一眼作品中写过的某样东西么?"

"不可以。"博纳维纳说,"您看不到。每一件放在那儿的物品,在被下一件取代之前,都被很严格地拍摄了下来。所以我得到了一套非常棒的底片。一九三四年十月二十六日,它们都被毁掉了,我当时真的很难过。物品原件毁掉的时候我就更难过了。

我顿时沮丧起来。

---

[1] 没有人可以忽略 1939 年作家去世后出版的第六卷。——原注

"怎么?"我甚至有些结巴,"您怎么敢毁掉 θ 黑棋的象和 γ 锤的锤柄呢?"

博纳维纳悲伤地看着我。

"牺牲是必要的。"他解释道,"作品就像成年的孩子,得靠自己活了。保留原物会给它带来不合宜的核对比较。评论会被诱惑、挟持,以作品是否忠实于原物的标准来评判它。这样我们会落入唯科学主义中。您应该很清楚,我否认我的作品只具有科学价值。"

"当然,当然。《北—西北》是一种美学创造。"

"这是另一种错误,"博纳维纳做出了判定,"我否认我的作品只具有美学价值。这么说吧,它有自己的地位。所有被它唤醒的情绪,眼泪、掌声、鬼脸,这些我都不在乎。我并不想去教导、感动、娱乐他人。这部作品走得比这些更远。它同时渴望最卑微与最崇高的东西;它就在宇宙某处。"

他把坚固的脑袋缩进肩膀,没有再动。眼睛也不再看我。我明白拜访已经结束,便尽快离开了那里。余下的只有沉默。

寻找绝对

无论我们有多心痛,都得鼓起勇气承认,拉普拉塔河的目光是投向了欧洲去的,它藐视和忽略了自身的真正价值。聂伦斯泰因·索乌撒就毫无疑问地证明了这一点。费尔南德斯·萨尔达尼亚在《乌拉圭传记辞典》中省略掉了他的名字;蒙特伊罗·诺瓦托则只列出了他的创作年限(1897—1935)及其作品表,这些作品中流传度最广的为:《可怖的平原》(1897)、《黄晶午后》(1908)、《斯图尔特·梅理尔艺术作品及理论》(1912),后者是一部充满智慧的专著,赢得了不止一位哥伦比亚大学助理教授的称赞,此外还有《巴尔扎克〈对于绝对的探索〉中的象征手法》(1914),以及颇具野心的历史小说《哥门索罗封地》(1919),不过该作品被作家在临终之前舍弃了。在上世纪末的巴黎，聂伦斯泰因·索乌撒经常参加一些法国-比利时文艺聚会，不过，在诺瓦托简洁的记录中一再搜寻相关的蛛丝马迹纯属白费工夫，因为索乌撒甚至连一位安静的听众都算不上。同样地，那本记录也没有提及《小摆件》，那是他的混合题材的遗作，由他的一群将自己简称为H.B.D.的友人在一九四二年出版。此外，尽管存在大量的，但不总是忠实于原著的，出自卡图勒·孟戴斯、埃弗拉伊姆·米克尔、弗朗茨·韦尔弗以及亨伯特·沃尔夫的索乌撒作品译本，人们却发现，诺瓦托完全无意提起它们。

据观察，他的文化背景很多元。他的意第绪语家族为他打开了通向条顿语文学的大门；布兰内斯牧师向他轻松地传授了拉丁语；法语是在文化学习中自学的，英语则是从叔父那里继承来的，这位叔父曾是梅赛德斯市名为"扬"的大屠宰场的主管。他连蒙带猜可以听懂些荷兰语，还差不多能明白边境的通用语。

《哥门索罗封地》的第二版开印时，聂伦斯泰因在弗赖本托斯隐退了。在梅德伊罗家族出租的大宅里，他得以全身心地开始重编一部手稿已失传、书名也被人遗忘的巨著。就在那里，在一九三五年的炎炎夏日中，阿特洛波斯[1]的剪刀剪断了这位诗人执着的工作和修士般的生命。

六年后，对文学颇感兴趣的《最新时刻》的主编找到我，委派给我一个任务，请我秉持探索精神、心怀悲悯之情，在当地展开对那部巨著遗稿的调查。报社在理所当然地犹豫了一下之后，决定帮我负担那一趟闪着"珍珠的光泽"的乌拉圭水路旅行的路费。在弗赖本托斯，一位药师朋友——兹瓦格医生——则慷慨地替我解决了余下的花销。这一段短途旅行是我第一次离家外出，心中充满忐忑，这一点大家都可以理解，说出来也没有什么不可以。尽管时时刻刻都面临着地图的考验，但一位旅人笃定地告诉我，乌拉圭人和我们说的是同一种语言，这一点让我平静了许多。

十二月二十九日，我在我们的兄弟国家下了船；三十日上午，由兹瓦格陪伴，在卡布罗酒店喝下了第一杯添了乌拉圭牛奶的咖啡。一位公证员加入了我们的对话，在谈笑间给我讲了一个旅途中的商人与羊的故事，同时还不忘调侃我们

---

[1] Atropos，希腊神话中命运三女神之一。

亲爱的科连特斯街上的有趣氛围。我们走上了烈日暴晒的街道，任何交通工具都显得很多余，过了半小时，在对当地的惊人发展赞叹了一番之后，我们走到了诗人的大宅。

房主唐·尼卡西奥·梅德伊罗用酸樱桃酒和加奶酪的面包招待了我们，并讲了那个永远新奇且诙谐有趣的老处女和鹦鹉的轶事。随后，他向我们表示，感谢上帝，大宅得以翻修，但已逝的聂伦斯泰因的书房却没有被动过，因为目前仍旧缺乏资金来改善它的状况。这的确是实话，我们瞥见了松木书架上的大量书籍，工作台上摆着一瓶墨汁，一座巴尔扎克的胸像正望着它沉思，墙上挂着一些乔治·穆尔的家庭肖像画和相片。我把眼镜架起来，开始公正地检视已覆满尘土的书卷。一本本黄色的《法兰西信使》如我们所预想地那样摆放在那里，这本杂志曾经办得非常成功；此外，还有本世纪后期最优秀的象征主义作品、几卷不完整的波顿所译的《一千零一夜》、玛戈皇后的《七日谈》，以及《十日谈》、《卢卡诺伯爵》、《卡里拉与迪姆那》以及格林的童话。聂伦斯泰因亲笔注释的《伊索寓言》也没有逃过我的双眼。

梅德伊罗同意我再去看看工作台的抽屉。我花了两个下午完成这项工作。关于自己誊写的那些手稿,我不会发表太多意见,因为普洛贝塔出版社已经把它们出版给公众了。虽然某位刻薄的评论家曾经抨击聂伦斯泰因风格上的浮夸以及过于频繁的离合体及离题手法的使用,但格洛萨和波利契内拉的乡村田园诗,莫斯卡尔达的兴衰变化,奥克斯博士在寻找贤者之石时的痛苦,已经永久地融入了拉普拉塔河流域文字最紧跟潮流的实体中,不可抹除。另一方面,尽管《行进》杂志最严苛的评论曾经对这些作品的优点赞赏有加,但由于它们过于简短,所以仍旧没能构成我们的好奇心所搜寻的那部万能杰作。

不知是在马拉美哪部作品的最后一页,我遇上了聂伦斯泰因·索乌撒的批注:

很奇怪,马拉美如此渴望绝对,但却在最不真实、最多变的东西——言语——中寻找它。没有人会忽略,言语的含义变幻不定,在未来,最有威信的词语应该是"轻浮的"或"不稳固的"。

我当时还得以将一行十四音节诗句相继出现的三个版本

誊下来。在草稿上，聂伦斯泰因写道：

  为记忆而活，却几乎遗忘一切。

在《弗赖本托斯的微风》——那是一部只比家庭内部出版物勉强正式一点的作品——中，他更倾向于这样表达：

  为遗忘，记忆收集各样的材料。

最终版的文字出现在《拉丁美洲六诗人诗集》，是这样呈现的：

  为遗忘，记忆升华此前的储备。

另一个有力的例子由这行十一音节诗句提供：

  我们仅在失落之物中得以延续。

这句话被印刷出来之后则变成了：

坚持着，并被铭刻于流动之中。

哪怕是最粗心的读者都会发现，这两处出版后的文字都没有草稿上的庄重。这引起了我的兴趣，只是，一段时间之后我才找到了事情的关键。

带着某种失望情绪，我启程返航。替我承担了旅费的《最新时刻》的主编会怎么说呢？NN和我分享了同一个寝舱，给我讲了一连串没完没了的故事，都很下流，有的甚至让人难以忍受，他的贴身陪伴让我完全无法振作精神。我想多思考一下聂伦斯泰因，但那健谈者一刻安宁都不愿给我。直到清晨，晕船的我打了几个迷迷糊糊的小盹儿，勉强把睡意和厌烦都掩在了里面。

现代潜意识的反动诽谤者拒绝相信南港码头海关的石阶给出了谜题的答案。我向NN表达了祝贺，恭喜他拥有超群的记忆力，随后又抛出了惹人厌烦的问题：

"您是从哪儿听的这些故事啊，朋友？"

回答印证了我粗暴的猜想。他说所有故事，或者说差不多所有故事都是聂伦斯泰因叙述给他的，剩下的则是尼卡西奥·梅德伊罗讲的，后者曾是逝者聚谈会上的座上宾。他还补充说，有趣的是，聂伦斯泰因讲得非常差，当地人还帮他改善了许多地方。突然间，一切都明了了：诗人对于达到绝对文学的热望、他对于言语转瞬即逝性的怀疑论调的观察、那些诗句在作品间的渐进性的耗损恶化，以及书房的双重特点——从象征主义的精美文字到叙事文类作品汇编。这故事并不让我们惊讶；聂伦斯泰因重拾了从荷马到杂工厨房乃至俱乐部的传统，他乐于编事件和听事件。他把自己编的故事讲得很差，因为他知道，如果值得的话，时间会像打磨《奥德赛》和《一千零一夜》那样打磨它们。就像回到了文学的初生时刻，聂伦斯泰因将表达限制在口头范围内，因为他知道，岁月会将一切写下。

更新版自然主义

当证实了富有争议的描述主义—描述性主义不再非法占据各个文学增刊以及其他简报的首页时，不得不说大家都松了一口气。任何人——在西普里亚诺·格罗斯（S.J.）的严谨教导之后——都不可能再忽略，刚才所提的第一个词语在小说领域真正被运用起来时，第二个词语则被抛向了各种其他文类，这其中甚至还包括诗歌、造型艺术以及评论文章。然而，概念的混淆仍旧一直存在，在喧嚷的真理爱好者面前，乌尔巴斯的名字也会和博纳维纳的名字套在一起。也许是为了把我们从如此严重的错误中引开，不乏有人作下另一种恶，拥护起另一种可笑的结合：伊拉里奥·拉姆金—塞萨尔·巴拉迪翁。我们就承认吧，这类混淆的基础是些许表象的相似和一部分术语的相像；尽管如此，对于经受过严格训练的读者来说，博纳维纳的一页文字永远都是……博纳维纳的一页文字，而乌尔巴斯的一册书永远都是……乌尔巴斯的一册书。事实是，外国的文人们散布一种关于阿根廷描述性主义流派的流言；我们所做的，则是反复阅读一个可能存在的流派的耀眼名作，并依靠由此获得的有限权威性确认了如下结论，即刚刚所提及的并不是某种重要的核心运动，更不是某个文艺人士的聚会，而是一项个人与众人的创举。

让我们来深入领会一下其复杂的内在吧。想必你们已经猜到了，在进入这个充满激情的描述性主义的小世界时，第一个与我们握手的名字是拉姆金·弗门多。

伊拉里奥·拉姆金·弗门多的命运着实奇妙。那时，他的作品大多很短，不太能引起普通读者的兴趣，他会把这些作品带到某个编辑部去，那里的编辑都视他为客观的评论家，也就是说，一个在其评注的作品中既不褒扬亦不贬损的人。很多时候，他对书籍的"短注"会缩减为谈论封面和腰封的陈词滥调，随着时间推移，甚至具体到了书本的样式，长宽厘米数、单位重量、印刷工艺、墨水质量、纸张的孔隙率以及味道。一九二四年至一九二九年，拉姆金·弗门多一直为《布宜诺斯艾利斯年报》的尾页撰稿，既没赢取赞誉，也没获得批评。一九二九年十一月，他拒绝了这份工作，以便全力以赴地投入一项对《神曲》的批评研究中。死亡在七年之后降临，彼时，他的三卷巨著已交付印厂印刷，它们将成为且如今已成为他名誉的基石，这三卷作品的题目分别为：《地狱》、《炼狱》、《天堂》。公众对此并不理解，他的朋友们更不明白。当时，不得不请出一位姓名首字母为 H. B. D.[1] 的德高望重的人物来维持秩序，使布宜诺斯艾利斯揉揉惺忪的睡眼，从自己教条的梦中醒来。

根据极有可能属实的 H. B. D. 的假设，拉姆金·弗门多曾在查卡布科公园的报亭中翻看过十七世纪的那本无足轻重的小书：《谨慎男子之旅》。该书的第四册介绍道：

在那个帝国，地图绘制技艺已达到完美纯熟的程度，一个省的地图可以铺满一座城，帝国的地图则可以

---

[1] 即布斯托斯·多梅克的首字母缩写。

占据整个省。渐渐地，这些过分巨大的地图也不再能满足人们，制图院于是便绘出了一幅帝国地图，与帝国本身大小相同，其余一切也都与之完全相符。他们的后人不再疯狂迷恋地图的绘制，明白那辽阔的图纸毫无用处，便冷酷无情地将它交付给了酷日与严冬。在西部的沙漠中，仍有残存的地图遗迹，被动物和乞丐当作了居所；除此地之外，帝国境内再没有其他地理学科的古迹了。

拉姆金依靠自己一贯的洞察力，在一众友人面前指出，与自然尺寸相同的地图虽然有严重的问题，但类似的方法却也不是不可以推行到别的学问上，评论文章便可成为一个例子。从那个恰当的时刻起，绘制一张《神曲》的"地图"便成为了他生命的意义。最初，他很高兴能用简短的、不全面的陈词滥调写出地狱各个圈层、炼狱山，以及九重同心天的概况，作为边角料装饰蒂诺·普洛文萨尔所出的颇受赞誉的版本。然而，严于律己的天性令他无法因此而满足。但丁的诗歌总是从他手中溜走！第二次得到了启示之后，他很快就开始用费力而绵长的耐心将自己从短暂的迟滞中拯救了出来。

一九三一年二月二十三日，他的直觉告诉他，对诗的描述若想达到完美，所用的单词应该与诗中的每一个单词都一致，就像那张与帝国完全一致的地图。成熟的思考后，他删掉了前言、注释、目录，以及编辑的姓名与地址，将但丁的作品交到了印厂。就这样，第一座描述性主义里程碑在我们的首都揭幕了！

眼见为实：不乏有书虫把这被评论界视为最新壮举的作品当成或假装当成但丁名诗的又一版本，将它作为原著的读本来用。他们就是这样虚假地向诗意的灵感致敬的！就是这样低估评论的价值的！书籍委员会——也有人说是阿根廷文学院——下达了严肃的命令，禁止在布宜诺斯艾利斯城的范围内对这部我们文学世界中最杰出的注释类作品进行贬低，在此之后，它便获得了一致的认可。然而，损失已经造成；混淆不清的概念就像雪球一样越滚越大，仍有著作家顽固地将拉姆金的分析和佛罗伦萨人的基督教冥世观混为一谈，完全不管它们是如此迥异的作品。也不乏有人被这种类似于摹本的创作体系所带来的复杂蜃景震慑，将拉姆金的作品与巴拉迪翁丰富多彩的多题材写作相提并论。

乌尔巴斯的事例则十分不同。这位如今已颇具声誉的诗人，在一九三八年九月时还很年轻，几乎可以说是默默无闻。依靠不合时宜的出版社举办的文学竞赛卓越评委席上诸位杰出文人的赏识，他才得以脱颖而出。据我们所知，竞赛的主题是玫瑰的古典与永恒。翎笔与钢笔奋笔疾书；大人物的署名时而闪现；当园艺学出现在十四音节诗句或是十音节诗句、八音节三行诗中时，做相关研究的论文里总是一片赞叹，然而，在看似困难却被乌尔巴斯轻松做到的事情面前，这一切都变得黯淡无光，他交上的，是简单却致胜的……一朵玫瑰。没有任何异议；词句——人类所制作的孩子，无法与天然的玫瑰——那上帝的孩子，相媲美。五十万比索最终为这项确凿无疑的壮举加了冕。

广播听众、电视观众，乃至晨报及大量权威医学年刊的执着或偶尔的爱好者都会感到奇怪，不明白我们为什么耽搁了如此之久才提到科隆布雷斯事件。不过，我们还是要斗胆暗示一下，事情清楚明了得很，此事件深受各类小报的喜爱，与其说是因为人们赋予它的内在价值，不如说是因为公共卫生系统适时介入时，加斯塔姆彼得医生挥动黄金妙手所做的紧急外科手术。任何人都不敢忘记此次事件，它将会长存于所有人的记忆中。那时（大约在一九四一年）造型艺术馆开始对外开放。人们事先预计，着眼于南极或巴塔哥尼亚的作品将会获得特别奖项。我们不会谈及霍普金斯所奉上的作品，谈及他对冰川或抽象或具象的诠释以及他因此而得到的桂冠，我们要说的是那个巴塔哥尼亚人。这个名叫科隆布雷斯的人，直到当时都十分忠于意大利新理想主义最极端的偏激思想，那一年，他交了一个装钉完好的木箱，当权威们打开它时，从里面跑出了一只健壮的绵羊，它顶伤了不止一位评委会成员的腹股沟，牧羊画家塞萨尔·吉隆虽然依靠山里人的灵活保住了性命，但也被顶伤了后背。这头牲畜可不是假冒的夸张画像，而是一只澳大利亚品种的美利奴朗布耶羊，同时还拥有阿根廷的羊角，这给人们留下了热点地区的印象。这头绵羊就像乌尔巴斯的玫瑰，但它出现的方式更勇猛有力，它并不是艺术的某种精致幻想；而是一个确凿而顽固的生物样本。

出于某种悄悄溜走了的原因，评委会的全体伤残成员拒绝授予科隆布雷斯那个其艺术精神已满怀希望地抚摸过的奖项。"农村"评委会则显得公道、宽容得多，他们毫不犹豫地宣布我们的羊是冠军，自从发生了那件事，它就收获了最棒的那群阿根廷人的热情与喜爱。

由此激发的进退两难的情况着实有趣。如果描述性主义的潮流继续下去，那么艺术将为大自然牺牲自我；不过 T. 布朗早已说过，大自然就是上帝的艺术。

洛欧米斯多种作品名录及其分析

　　谈起费德里科·胡安·卡洛斯·洛欧米斯的作品，我们会很乐意证实，人们已经忘记了当初那个就其文字开轻松玩笑和编晦涩幽默故事的时代。一九〇九年左右，他与卢贡内斯偶然引发了一场争论，随后他又与年轻的极端派代言人陷入了争执，不过，时至今日，人们已不再从这个角度来看待他的作品。很幸运，我们已经可以纯粹地欣赏大师的诗歌了。可以说，葛拉西安[1]在说出那句老套又确切的"好的东西，若是短，便是两倍的好"之前，便已预见到了洛欧米斯的诗歌，唐·胡里奥·塞哈多尔·依·弗劳卡[2]则把那句话解读为："短的东西，若是短，便是两倍的短。"

　　除此之外，毫无疑问，洛欧米斯一直都不相信比喻手法的表达效果，在本世纪第一个十年中，此种修辞方法由《感伤的月历》[3]引领，在第三个十年中由《棱镜》、《船头》等杂志延续。我们向最耀眼的评论家发起挑战，看他能否在洛欧米斯全部作品的范围中掘出——如果诸位允许我们在此使用法语词汇的话——哪怕一个比喻，不过要除去包含在词源学本身里的那些。那时，人们常在帕雷拉街举办晚会，他们喧嚷着，滔滔不绝地讲演，有时，那聚会甚至可以从暮色渐暗办到天色泛白，我们这些在精致小匣子般的记忆中保存着那些聚会的人绝不会轻易忘记洛欧米斯尖锐的嘲讽谩骂，他是永不疲倦的谈话者，反对那些为了说明某种事物而将它变成另一种事物的比喻家们。此类谩骂从没越过口头的界限，因为作品的严肃性拒绝它们出现在其中。"单词月亮难道不比马雅可夫斯基伪装出的夜莺的茶更具召唤力吗？"他通常都会这样反问。

他也会自问——与其说是在接受答案，不如说是在塑造问题——在时光的流逝中，萨福的一段文字或赫拉克利特的

1　Baltasar Gracián（1601—1658），西班牙黄金世纪作家。
2　Julio cejador y Frauca（1864—1927），西班牙语言学家、文学评论家。
3　阿根廷诗人卢贡内斯的诗集。

一句永恒名言不比特罗普、龚古尔兄弟以及埃尔·托斯塔多的那些经不住记忆的长篇大作流传得更久远么？

赫尔瓦西奥·蒙特内格罗是周六晚帕雷拉街聚会持之以恒的参与者，比起阿韦利亚内达一栋物业的老板，作为绅士的他似乎更招人喜爱；在布宜诺斯艾利斯那种谁都不认识谁的公众生活中，据我们所知，塞萨尔·巴拉迪翁从来都没出现过。若是有机会聆听他与大师针锋相对的交谈，那将会多么令人难忘啊！

有那么一两次，洛欧米斯向我们宣布他即将在《我们》杂志热情友好的页面中出版一部作品；我仍记得当时我们这些年轻热切的徒弟是怎样焦急地涌入拉茹安书店的，大家都迫不及待地想最先品尝大师许诺给我们的蜜饯。可希望总是落空。于是，有人斗胆提出了一个关于笔名的假设（埃瓦里斯托·卡列戈的签名不止一次引起了怀疑）；有人认为他在不怀好意地开玩笑；另一个人觉得他设下了圈套，好逃避我们合理的好奇心或试图拖延时间，而我们之中也不乏一个犹大，他的名字我可不想记起来，他说比安奇或朱斯蒂应该是拒绝了那次合作。然而，洛欧米斯这位诚实可信的男子仍旧坚守着自己的故事。他微笑着重复说，作品已经在我们没有察觉的情况下出版了；茫然之中，我们开始想象，作品只在少数的神秘之人之间传阅，普通的订阅用户或者渴求知识的挤在图书馆、柜台和报刊亭的乌合之众是无法企及的。

一九一一年秋天，当摩恩书店的玻璃橱窗开始为人们介绍后来被称为《作品I》的作品时，一切都得到了澄清。为什么我们不从现在开始就用作者本想赋予它的、那个合适而清楚的名字"熊"来称呼它呢？

最初，很少有人去赞赏他在写作前所做的大量准备工作：他学习了布丰与居维叶的研究成果，一直保持警觉地不断重访巴勒莫动物园，对皮埃蒙特人进行生动有趣的采访，深入亚利桑那洞穴做令人战栗的仿佛虚幻的探访，那洞中有只酣睡的熊仔，正处在不可侵犯的冬眠期。他还获取了雕版，完成了版画、摄影，甚至还找到了抹着防腐油的人体标本。

他为《作品II》，即《行军床》，所做的准备带给了他奇妙的经历，难免受了点儿罪、冒了些险：他在格里蒂街的一栋杂居民宅里过了一个半月的乡下生活，顺便一提，那里的租客完全没有怀疑这位进行多文体创作的作家的真实身份，化名为卢克·杜尔丹[1]的他，分享了他们的贫穷与欢乐。

由卡欧为其创作插图的《行军床》于一九一四年十月上市；被炮火声震聋的评论家们并没有注意到它。《贝雷帽》（1916）也遭受了同样的待遇，这本书仍然透着些许冷淡，或许是因为巴斯克语的学习让他太疲惫了吧。

《奶油》（1922）是他作品中最不著名的一本，尽管邦皮亚尼百科全书认为此作品为洛欧米斯第一阶段作品的顶峰。一次十二指肠炎的短暂发作启发了他，或者说为他的书强硬地安上了主题；根据法雷尔·杜·博斯克很有见解的研究，牛奶，作为溃疡时人们会本能想到的解决办法，是这首现代田园诗纯白无瑕的缪斯。

在厕所天台上安装的望远镜，以及对弗拉马利翁[2]最广为流传的作品的热切而混乱的学习为他的第二阶段做好了准备。《月亮》（1924）展示了作者诗性的最高成就，是他敲开帕纳萨斯山门[3]的芝麻开门口诀。

---

1 Luc Durtain（1881—1959），法国诗人、作家、剧作家。
2 Camille Flammarion（1842—1925），法国天文学家、作家。
3 Mount Parnassus，希腊南部山峰。古希腊传说中太阳神与众缪斯的居所。西班牙语中有诗坛、众诗人之意。

之后,是沉默的岁月。洛欧米斯不再经常出现在那些文艺聚会上;他已不再是那个在皇家凯勒咖啡馆铺着地毯的地下室里欢快地引领众人声音的指挥。他不再走出帕雷拉街道。孤独的天台上,已被遗忘的望远镜生锈了;一个又一个长夜间,弗拉马利翁的书徒劳地等待着;洛欧米斯把自己锁在书房,不停翻看格雷戈罗维乌斯[1]的《哲学宗教史》;他的诘问、旁注、标记把书页弄得遍体鳞伤;我们这些徒弟想出版它们,但这意味着对规矩的违背和对评注家的精神的背叛。这很令人遗憾,但还能有什么办法呢。

一九三一年,痢疾终结了此前便秘为他带来的苦痛;尽管身体抱恙,洛欧米斯仍旧带来了自己的巅峰作品,这本书在他去世后得以出版,我们则得到了悲伤的改稿特权。谁会不明白呢,我们所说的著作是《或许》,不知当时是因为妥协还是为了讽刺,才取了这个名字。

谈起其他作者的作品,承认其内容和题目之间的割裂并非易事。《汤姆叔叔的小屋》这几个词或许并不能告诉我们故

---

1 Ferdinand Gregorovius (1821—1891),德国历史学家。

事情节的全部；一字一字地说出《堂塞贡多·松勃拉》也不会表达出所有那些广泛地填充在作品中的牛角、牛颈、牛蹄、牛背、牛尾、鞭绳、马鞍、马鞍垫、擦马布和毛绒垫。相反，在洛欧米斯这里，题目就是作品。读者会惊奇地发觉这两者之间的严格对应。比如，《行军床》的文字就只由"行军床"这个词语构成。情节、性质形容词、比喻、人物、期待、韵脚、重韵、对社会现象的控诉、象牙塔、社会责任文学、现实主义、原创性、对经典作品的奴性模仿、句法本身，这些都完全被超越。据一位不怀好意的评论家的计算，洛欧米斯的作品谙熟算术更甚于文学，一共只有六个词：《熊》、《行军床》、《贝雷帽》、《奶油》、《月亮》、《或许》。不过，即便他说的是真的，在这些被创作者蒸馏出的词语背后，又有多少经历、多少热忱与多少涌动的高潮呢！

并非所有人都能听懂如此高水平的教导。他一个叛变了的徒弟写出了《木工盒》，只会像母鸡一样上蹿下跳地列举柳叶刀、锤子、小锯等物品。更危险的是被称为神秘哲学家的派别，他们将大师的六个词语混合成谜一般的一句话，搅浑了困惑与象征。在我们看来，尽管《格洛格洛修罗》、《先生欧博佛加》以及《奴仆》的作者艾德瓦尔多·L.布兰内斯的作品抱怀着善意，但仍值得探讨。

贪婪的编辑想把洛欧米斯的作品译成尽可能多的语言。而作者，拒绝了类似这样的迦太基人的条件，尽管当时他的钱袋已经空空如也，而这笔生意可以用金银填满他的木箱。在那个相对论怀疑主义的时代，新的亚当确认了他对言语、对那些任何人都可以够得着的简单而直接的词语的信任。他只需写下《贝雷帽》，来表达那种常见的衣物配饰以及所有它的远近亲属。

追随他的光辉足迹很难。是的，某一瞬间，众神会将他的雄辩能力与天分摆在我们面前，而我们则会抹去从前的一切，只印下这孤独却永不消逝的词语：洛欧米斯。

一种抽象艺术

所有阿根廷人，无论属于哪个派别，是何种肤色，性子里都有高贵的多愁善感，尽管要冒着伤害到他们的敏感心性的风险，尽管这并非易事，我们还是要断言，我们那贪婪磁铁般吸聚了众多游客的城市，直到一九六四年都只拥有一栋暗屋——它位于拉普里达街和曼西亚街的交汇处——值得我们吹嘘！除此之外，它是一种庄严的颂扬，是由我们的漫不经心所筑造的长城上被钻开的真正孔洞。秉着比观察精神与行者精神更丰富的精神，人们一直向我们暗示，甚至暗示到了让我们恶心的程度：此暗屋，若想与它在阿姆斯特丹、巴塞尔、巴黎、丹佛（科罗拉多）及死去的布鲁日[1]的兄弟们比肩而立，还差得远呢。我们在此就不深入如此令人气愤的争议话题了,只稍稍问候一下乌巴尔多·默尔布尔格就好,他的声音除周一外,每晚二十至二十三点都在沙漠中哀告,可以肯定的是,背后强力支持他的是一个甄选出的团伙,忠诚的成员会老实地交替轮班。我们曾参加过两次该晚间聚会;那些模糊的面庞,除默尔布尔格的之外,没有一个是重复的,然而,那交流的热情却完全相同。餐具的金属音乐和偶尔摔碎的杯子发出的轰响永远都不会被我们从记忆中抹除。

为了介绍背景,我们说这段小史像其他故事一样,开始于……巴黎。据说,它的先驱者,也就是最先着手做这件事的灯塔般的领军人物,不是别人,正是佛兰德人或荷兰人弗兰斯·普雷托里乌斯,他的幸运星将他带往一个象征主义聚会,当时思想已过时的维莱-格里芬[2]常蜻蜓点水般地参加这个聚会。那是一八八四年一月三日;不用多想,文学青年们那染着墨汁的手正竞相争夺最后一本刚出炉的《步伐》杂志。我们正在普罗可布咖啡馆。一个头顶学生贝雷帽的人挥舞着

---

1 源自《死去的布鲁日》(*Bruges la Morte*),比利时作家、诗人乔治·罗登巴赫的短篇小说。
2 Vielé-Griffin (1864—1937),法国象征主义诗人。

藏在那本书册封底内的一页按语；另一个人，带着满脸的傲慢和胡须反复地说，他若是不知道作者是谁便不睡觉；第三个人则用海泡石烟斗指着一个面带羞涩微笑的、谢顶的、有金色络腮胡的、在角落里沉默思索的人。让我们来揭晓谜底吧：那个聚集了所有目光、指点和惊愕面庞的正是我们前文所提到的佛兰德人或荷兰人弗兰斯·普雷托里乌斯。那篇按语很短，枯瘦的文风散着试管和曲颈瓶的臭气，但它上面涂抹的权威釉子却迅速收获了拥护者。那半页纸没有涉及任何希腊罗马神话元素；作者所做的唯一的事情就是带着科学的节制提出，最基础的味道有四种：酸、咸、淡、苦。这一理论激起了许多争议，不过，每一位阿里斯塔克斯[1]都是需要征服千万颗心的。一八九一年，普雷托里乌斯发表了今日已成为经典的《味道》。我们得勉强接受一下以下事实：大师怀着无瑕的纯真善良，在匿名寄信人的抗议面前让步了，在原始味道列表中加入了第五种味道——甜味，由于在此不便探究的原因，普雷托里乌斯此前并没能分辨出这种味道。

---

[1] Aristarchus of Samos（前310—前230），古希腊天文学家、数学家。史上首位创立日心说的天文学者。

一八九二年时，上述晚间聚会的参与者之一伊斯玛尔·克里多开启了，更好地说，微微开启了名为五味的、几乎成为传奇的空间大门，就位于先贤祠的正背面。那栋建筑低调且令人舒适。只需提前付上很少的钱，客人便可随机地享受五种选择：方糖、芦荟胶块、棉片、葡萄柚果肉和盐粒。我们在城里某个书目资料馆和波尔多港口所查询的原始菜单上就出现了上述菜品。最初，选择其中的一道就意味着失去了尝试另一道的机会；随后，克里多授意，可以交替、轮换着品尝，最终他甚至将五种菜品一并奉上。他并没有考虑普雷托里乌斯那些颇有道理的疑虑；后者随即发表了不可辩驳的声明，说糖除了甜味之外，还具有糖味，而在这里，葡萄柚的内含物显然在被滥用。工业制药师、药剂师帕约特用快刀斩断了乱麻；他每星期向克里多提供一千两百个一模一样的锥形堆，每堆高三厘米，为味蕾提供那已被人们所熟知的五种味道：酸、淡、咸、甜、苦。一位曾参与过那次战役的老兵向我们肯定，最初，所有的锥形堆都是灰色透明的；随后，为了舒适起见，他们赋予它今日人所共知的地球土壤的五种颜色：白、黑、黄、红和蓝。也许是因为渐渐展开的盈利诱惑，或者是因为"酸甜口味"这个单词，克里多犯下了危险的错误，开始混合起那些味道。正统人士至今仍在对他进行指责，因为当时他为人们奉上了有一百二十种风味的至少一百二十种混合锥形堆。如此多的杂乱混合将他引向了毁灭；同一年，他不得不把餐厅卖给了另一位厨师，这位无用的先生玷污了那座味觉圣殿，竟为圣诞大餐准备了填馅儿的火鸡。普雷托里乌斯很哲学地评论此事：这是世界末日！

对两位先驱者而言，这真是一语成谶了。克里多晚年在街上贩卖软糖，一九一四年盛夏时，为卡戎[1]交上了他的船票钱；而普雷托里乌斯，在心碎之后苟活了十四年。曾有计划给两位各建一座纪念碑，这得到了高层人士、舆论界、银行界、专业人士及教士阶层、最负盛名的美容中心及美食中心，还有保尔·艾吕雅[2]的一致支持。但所募资金不够立起两座胸像，于是錾刀只得艺术地将其中一位蓬松如蒸汽的胡子、另一位的矮小身材，以及两位都有的罗马鼻组合在一起，构成

---

1 希腊神话中冥王哈德斯的船夫。
2 Paul Eluard（1895—1952），法国诗人，超现实主义运动发起者之一。

了一座塑像。一百二十个微小的锥形堆为此番纪念带去了清新的气息。

撇开这两位思想家，我们接下来面对的是纯粹厨艺的最高祭司：皮埃尔·穆隆盖。他的第一次宣言发表于一九一五年；随后是一九二九年的三部八开本的集子：《久经理性考验手册》。他的理论态度实在太过著名，所以，如果上帝愿意的话，我们在此仅会列出它最枯瘦无肉的大纲框架。下级教士布雷蒙依靠直觉推断出一种可能性，一种仅具……诗意的诗歌的可能性。抽象的和具象的——明显至极，这两个词语是同义词——都在力图创造出绘画的绘画，使其既不屈尊于趣闻轶事，也不向外部世界那奴性十足的摄影作品献媚。皮埃尔·穆隆盖以坚实的论据捍卫了他直言不讳地命名的"烹饪的烹饪"。正如此短语所指，这是一种与装盘艺术及食用目的完全无关的烹饪方式。再见了，颜色、大餐盘、因偏见而只被看见美丽造型的菜肴；再见了，愚蠢的具有实际意义的蛋白质、维生素，以及其他淀粉的交响组合。先前被独裁者普雷托里乌斯埋葬了的牛肉、三文鱼、鱼、猪、鹿、羊、欧芹、烤冰淇淋蛋白甜饼、木薯淀粉汤那古老的、祖先的味道，在一种灰色的、黏性的、半液体的团状香料——它与造型的艺术完全无关！——的陪伴下，重新回到了被惊呆的舌尖上。食客们从那被过度颂扬的五种味道中解脱出来，终于可以由着自己性子点上一只蛋黄炖鸡或是红酒炖鸡了，不过，人们也知道，一切最终都将重新裹上那软塌塌的粗暴口感。今日一如昨日，明天恰似今天，永远都是一样。唯一一处异样将它的阴影抛向了这片图景：那便是普雷托里乌斯本人，就像许多其他先驱者一样，他在三十多年里，不允许任何人在他开辟的道路上向外踏出哪怕一步。

然而，胜利从来都不缺少阿喀琉斯的脚后跟。那些已成大师的、能将各种丰富的食材简化为经典标准所要求的混凝土块的厨子——杜邦·德·蒙彼利埃、胡里奥·塞哈多尔——很少，用不了一只手的五根指头就能把他们数清。

一九三二年，奇迹发生了。某个普通人为大家上了一课。读者们不会忽略他的名字：胡安·弗朗西斯科·达拉克。J.F.D.在日内瓦开了一家与其他饭馆无异的餐厅；所奉菜品也与其他更古老的菜肴没有什么不同：蛋黄酱是黄色的，蔬菜是绿色的，西西里卡萨塔蛋糕是彩虹色的，烤牛肉是红色的。当人们正要投诉他太过反动时,达拉克轻而易举地完成了看似艰难的任务。他展开唇上鲜花般的微笑,平和地、带着天才的信心,做出了一个将他送上烹饪历史上最巅峰位置的动作。他关了灯。于是,在那一刻,第一家暗屋开幕了。

团体主义者

本篇散文虽然以传递信息及颂扬为仅有的目的,但它仍然会让毫无准备的读者感到难过,这令我们感到十分遗憾。然而,正如拉丁语格言所讲:真理伟大,且必将持久。让我们向上攀登[1],迎接那猛烈的一击吧。人们把庸俗的苹果故事扣在了牛顿身上,说它的下落促使他发现了万有引力定律;扣在巴拉尔特博士身上的,则是双穿反的鞋。流言说,我们的这位英雄在听莫福的《茶花女》时感到了厌烦,忙乱中给右脚套上了左脚的鞋,给左脚也套上了右脚的鞋;这痛苦的分配让他不再能全力欣赏音乐与歌声那令人屈服的魔力,并在将他从哥伦布剧院运走的救护车上向他揭示了团体主义——这项理论如今已广为人知——的学说。巴拉尔特在双脚感觉不舒服时，肯定想到了，在不同的地理位置上，会有其他人也在同时忍受着相似的不适。人们认为，这谜一般的想法为他的理论带来了灵感。于是，我们抓住一次不可多得的机会，与博士在他位于巴斯德街的、如今已成为名胜的律师事务所进行了面谈，他很绅士地打消了流传甚广的谣言疑云，向我们保证，他是在对直观偶然性的统计学和雷蒙·卢尔[2]的《组合艺术》进行了漫长的思考之后，才得到了团体主义这个果实，并且，他晚上从不出门，以免犯支气管炎。这就是赤裸裸的真相。芦荟虽然很苦，却苦得无可争辩。

由巴拉尔特博士印刷出版的、题目为《团体主义》的六卷书对相应话题进行了详尽至极的引导性介绍；它们与梅松内罗·罗马诺的作品以及波兰小说、拉蒙·诺瓦罗的《你往何处去》一起，出现在了所有可以被称为藏书架的藏书架上，然而据观察，按比例来讲，鱼龙混杂的大量购书者中读者数

---

1 请见：让我们环锯，*……（作者注）* 我们提议，将其解读为"请我们做好准备"。（样稿校对员注）
2 Ramón Lull（1232—1315 或 1316），加泰罗尼亚作家、逻辑学家、方济各第三会会士和神秘主义神学家。

却为零。尽管这本书的风格很强势，书里充满了信息表格与附录，并且其主题也颇具暗暗的吸引力，但大部分人关注的只有封面和目录，没人像但丁深入幽暗森林般深入其中。举一个例子，卡塔内奥只读到了该书序言的第九页，便在其极负盛名的《分析》一文中，将该作品与科通的某部色情小说混为一谈。但我们并不认为这篇短文多余，因为它是先锋性的，将会指引学者们的研究。此外，我们的所有信息来源都是第一手的；比起反复阅读这部巨著，当时的我们更倾向于与巴拉尔特的内弟加拉赫·依·加塞特面对面地进行充满对抗的谈话。他在犹豫了许久之后，终于同意了在他位于马特欧街、如今已成为名胜的办公室见见我们。

他以着实惊人的速度把团体主义带到了我们这些见识浅薄之人的理解范围之内。他向我解释说，尽管有气候及政治差异，人类仍是由无尽的秘密社会组成的，它们的成员并不为人所知，并且时刻变换状态。其中一些社会比另一些存续时间更长，例如，骄傲地拥有加泰罗尼亚姓氏或拥有G开头姓氏的人所组成的社会。也有很多社会会快速消失，例如，此刻在巴西或非洲的、所有正在闻茉莉花香的人或在勤奋阅读小巴士运营信息的人所组成的社会。另一些社会则会依成员各自的兴趣而产生分支社会，例如，正在咳嗽的人可能会在这一刻穿上平底拖鞋、猛的骑上车离开，或在坦珀利[1]换车。另一支的成员则不会参与上述三种非常人性化的活动，甚至都不会再咳嗽。

团体主义不会僵化，它如多变的、充满生命力的植物浆液般运行流转；我们这些中立的、力求与各种事物保持等距的人，今天下午曾经属于坐电梯上楼的人的团体，几分钟后，又被归于下到地下室的或被困在各类容器与帽子之间挨受幽闭恐惧症的人的团体。一些最微小的动作，诸如点着火柴或熄灭它，也会将我们从一个群体中逐出并揽入另一个。面对如此程度的多样化，需要一种珍贵的自律性格：挥舞勺子的是操控叉子的对立面，但双方随即在餐巾纸的使用中汇合在一起，又在品尝阿根廷薄荷或是波尔多叶时分道扬镳。这全部过程中，没有哪个词语比另一个更高级，没有让我们面部变形的愤怒情绪，多么地和谐！它是无穷无尽的整合功课！

1　阿根廷布宜诺斯艾利斯省城市。

今天我觉得您看起来像只乌龟，他们明天或许把我也归进龟类，等等。

有些刻薄的评论家用他们的盲人拐杖深深地搅浑了如此壮阔的全景，试图将此事打压下去，想让他们不去声张是不可能的。一如惯例，反对派开始发表众多自相矛盾的反对意见。第七频道开始散播他们的观点，说可以为新消息端上杯热巧克力[1]，但巴拉尔特并没有发现任何新的东西，因为C.G.T.、疯人院、互救会、国际象棋协会、集邮册、西部墓园、黑帮、黑手党、议会、乡村博览会、植物园、国际笔会、街头乐队、渔具店、童子军、摸彩处，以及其他不著名更没有用的、被公众掌控的团体始终都存在。另一方面，电台急匆匆地宣布，团体主义因为团体的不稳定而缺乏实用性。对一个人来说某种想法很奇怪；而另一个则已经对之见怪不怪了。上述言论贬损了一个不可辩驳的事实，这个事实就是，团体主义是第一个试图从捍卫人的角度，将所有潜在同类积聚起来的尝试，仿佛地下河一般，他们已在历史上留下了划

---

[1] 拉丁美洲殖民时期，富裕的家庭会为带来好消息的信使送上一杯热巧克力。

痕印迹。它将凭借精巧的结构，在熟练舵手的引导下掀起足以反抗无政府主义的凶猛熔岩流。让我们不要在那些不可避免的冲突萌芽面前闭上双眼，因为这有益的理论将会导致：下火车的人用匕首刺伤上火车的人，毫无准备的软糖购买者想掐死它的贩卖者。

巴拉尔特没有理会诽谤者与赞颂者，只是继续着他的道路。据他的内弟透露，他编有一本记录所有可能存在的团体的集子。在这一过程中当然不乏困难：比如，让我们来看看现在正在想着迷宫的人的团体，看看一分钟前忘记了迷宫的人的团体，看看两分钟、三分钟、四分钟、四分钟半、五分钟前忘记了迷宫的人的团体……现在我们再用灯来代替迷宫。事情就更复杂了。一直随意想下去，想到龙虾或者自动铅笔，这些便不再有意义。

出于礼貌的考虑，我们不再狂热地追随它。但丝毫不会担心巴拉尔特如何去躲避礁石；因为我们知道，带着那赐予他信仰的平和而神秘的希望，大师会一直为奉上一份完整名单而努力的。

全 戏 剧

毫无疑问，在这个如以往一样多雨的一九六五年的秋天里，墨尔波墨涅[1]与塔利亚[2]是最年轻的缪斯。根据米利亚姆·艾伦·杜·博斯克的溢美之词，无论是塔利亚微笑的面具还是她姐姐哭泣的面具，都战胜了许多难以战胜的困难。首先，是某些名字所拥有的强势影响力，这些名字所有者的天资才华毋庸置疑：埃斯库罗斯、阿里斯托芬、普劳图斯、莎士比亚、卡尔德隆、高乃依、戈尔多尼、席勒、易卜生、萧伯纳、弗洛伦西奥·桑切斯。其次，是那些设计巧妙的庞然建筑：从那些暴露于风霜雨雪的、哈姆雷特在其间诵出独白的简洁庭院，到那些现代歌剧院中的旋转舞台及包厢、女宾专座、提白员藏身处。再次，是为了获取大量掌声而安插在观众与艺术之间的具有旺盛精力的丑角——比如巨人萨孔等等。第四点，也是最后一点，那便是电影、电视以及广播剧，它们用纯机械的表演四处传播邪恶灾祸。

那些探索过新戏剧史前史的人，都会为两部先驱作品摇旗呐喊：由上阿玛高[3]的粗蛮农民表演的受难题材戏剧，以及表现人民风采、真正属于民众的《威廉·退尔》，这一历史虚构故事在那片湖泊与土地产生，这一戏剧作品也在该地区流传甚广。其他更古老的作品可以追溯到中世纪，人们在带篷乡村大马车上展现世界历史，将诺亚方舟的故事演示给海民，将最后的晚餐的准备程序展示给当时的厨师。尽管以上所述均属实，也不能令布伦奇利这备受敬仰的名字被人忽略。

一九〇九年左右，这位先生在乌契赢得了他那众所周知的怪诞的名声。那时的他是个执迷于打翻服务员托盘的家伙，不是被莳萝利口酒弄湿衣裳就是被奶酪粉弄脏身子。有

---

1 古希腊神话中司悲剧的缪斯。宙斯与记忆女神墨涅摩绪涅之女。
2 古希腊神话中司喜剧的缪斯。与其他缪斯一样，为宙斯与记忆女神墨涅摩绪涅之女。
3 德国巴伐利亚州南部小镇。

一件关于他的轶事，虽然很典型却是被伪造出来的，说当恩格哈特男爵在吉本酒店的石阶上努力尝试穿上有苏格兰格子里衬的雨衣时，布伦奇利帮他把左臂伸进了右袖筒里，没有任何人会否认，他用一把可恶的、巨大的、用巧克力和杏仁做的史密斯·威森手枪一下子就把那位敏捷的贵族吓跑了。经证实，布伦奇利经常划着木桨小船，在风景如画的寂静的莱芒湖上冒险，在暮色的庇护下，反复念诵某段简短的独白或打呵欠。他会在缆车上微笑或啜泣；还有不止一个见证人发誓，曾在电车上看见他得意洋洋地把车票插在平顶草帽丝带和帽子间，问另一位乘客手表上显示几点了。从一九二三年起，他逐渐沉浸在了自己艺术的重要性里，不再做类似的实验。他在街上行走，闯入办公室和商店，往信箱中投入一封信件，买一支烟再把它抽掉，翻阅晨报，一句话说，就是表现得像最不起眼的公民一样。一九二五年，他做了我们最终都会做的事（十字魔鬼[1]）：在一个星期四的晚上十点后去世。他本希望自己的思想随他一同葬在平和安静的洛桑墓园，

---

[1] cruz diablo，阿根廷、乌拉圭俗语。有"上帝保佑不要发生"之意。

但他怀着仁慈之心的不忠老友马克西姆·贝提庞在按照惯例进行的丧礼致辞中将之公之于世，那一段演讲词如今已成为经典。无论它多么令人难以置信，贝提庞所发表的、随后在《小沃州》上完整刊出的教义最开始并没有引起太多反响，直到一九三二年，如今的名演员、名企业家马克西米利安·龙盖在该报的合集上发现了它，认为它具有极高的价值。这位年轻人此前曾争取到了极难获得的奶油酥饼奖学金，计划奔赴玻利维亚学习象棋，但像埃尔南·科尔特斯[1]一样，他烧掉了棋子和棋盘，甚至没有从洛桑往乌契迈出一步，便开始用尽全力去靠近和了解布伦奇利留给后代的原则理论。他在自己面包房店面后边的房间里聚集起了一小群精挑细选出来的光明会成员，他们不仅按照自己的方式成为了所谓"布伦奇利方案"的遗嘱执行人，并且还着手将该方案付诸实践。现在让我们用金色大写字母描出那些至今仍留存在我们记忆中的名字吧，其中没有任何一个是被杜撰出来的或是被搞错了的；让·佩斯和卡洛斯或卡洛塔·圣·佩。毫无疑问，这一

---

1 Hernán Cortés（1485—1547），西班牙殖民者，因摧毁阿兹特克文明及在墨西哥建立西班牙殖民地而为人所熟知。

大胆的秘密组织一定曾在自己的旗帜上书写过"占领街道！"的口号，勇敢无畏地面对着公众的冷漠所带来的一切危险。他们一刻都没有落入宣传陷阱，没有在墙面上打出巨幅广告，而是几百个人直接奔向了博塞茹尔街。不过，并非所有人都来自那间面包房。比如，那个人悄无声息地从南方过来，这另一个从东北过来，那边有个骑自行车的，还有不少人是坐城铁的；再有就是步行来的。没有人有任何怀疑。这座人口稠密的城市把他们当成了其他的众多过客。这些同谋者遵守着戒律，不会相互问候，甚至连眼色都不会使一下。X在街上行走。Y闯入办公室和商店。Z往信箱中投入一封信件。卡洛塔或卡洛斯买一支烟再把它抽掉。据传，龙盖留在了家里，焦虑得一直啃自己的指甲，像奴才一样守着电话，他等到了最后一刻，等到行动的两个顶梁柱之一告诉他：他们获得了预料之中的成功或是最无可争辩的失败。读者没有无视这结果。龙盖向使用道具的、有长篇独白的戏剧发出了致命一击；新戏剧已经诞生；最出乎意料的、最不为人所知的，您自己，就是一位演员；而生活就是剧本。

一种艺术的萌芽

难以置信地，业内人士在说出功能性建筑这个短语时，都会露出慈祥的微笑，功能性建筑本身也在继续令大众陶醉。怀着澄清该概念的愿望，我们将会在此大致描绘一下当今时髦的建筑潮流的微缩全貌。

其源头离我们很近，但却在云雾缭绕的争议中显得十分模糊。两个名字会争夺领奖台上的荣誉之巅：一个是亚当·昆西，他一九三七年在爱丁堡出版了名为《走向违章建筑》的奇异书册；另一个是比萨人阿莱桑德罗·比拉内西，在上述书籍问世不到两年之后，他自费建起了史上第一栋混沌之屋，近期，这一建筑得以被重建。无知的人群总是怀着疯狂的愿望，急切地想穿梭其中，他们不止一次点燃了它，终于在圣约翰及圣彼得之夜将其化作灰烬。比拉内西在大火中去世，但数张相片和一张平面图使重建得以进行，今日的这栋建筑更令人仰慕，并且似乎还能令人窥见原作的线条风采。

从今天清醒的角度重读亚当·昆西那本印刷质量低下的小薄册子，只能为那些渴望新潮事物的人提供一些贫瘠的养分。不过，还是让我们来重新划些重点段落吧。在该书中，可以读到："常常编造记忆的爱默生认为，提出'建筑即凝固的音乐'的人是歌德。这种见解以及我们个人对这个时代作品的不满将我们带到了一种梦想面前，这梦想便是，创造一种像音乐的建筑，一种最直接的激情语言，它不会被住宅及聚居空间的要求所束缚。"再往下，我们读到："勒·柯布西耶[1]明白，家就是一个生活机体，不过这种定义用在一棵栎树或一条鱼上都比用在泰姬陵上更合适。"这一类如今公理般、大实话般的断言，在当时引爆了沃尔特·格罗皮乌斯[2]和赖

---

[1] Le Corbusier（1887—1965），法国建筑师、室内设计师、雕塑家、画家，是功能主义建筑的泰斗。

[2] Walter Gropius（1883—1969），德国建筑师和建筑教育家，现代设计学校先驱包豪斯的创办人。

特[1]，他们在自己最私密的堡垒中遭到了重创。小册子的其余部分都在抨击罗斯金[2]的《建筑的七盏明灯》，不过，此类论战只会让今天的我们感到麻木。

比拉内西有没有忽视上述小册子其实不太重要，或者说根本不重要；一个不可辩驳的事实是，在从前曾是湖沼的佩斯蒂菲拉街的那片土地上，他同一群泥瓦匠以及狂热的老年拥护者一起，建立了"罗马混沌之屋"。对于一些人来说，这栋醒目的建筑是球形的；对于另一些人来说，是椭圆形的；对于保守人士来说，是不成形的一个大团，它混合了各种建筑材料，从大理石到海鸥屎这样的粪便，应有尽有。这栋建筑的核心元素是旋转楼梯，它们通向不可穿透的墙壁，它还拥有残缺的桥、无法到达的阳台、通往竖井的门，其余的门则通向狭窄、高挑的卧室，在它们的天花板上，吊着舒适的大单人床以及颠倒的扶手椅。凹面镜也没有被安在合适的地方。《尚流》杂志一开始很冲动，将它视为新建筑意识的第一个具体范例。那时候谁能想到，在并不遥远的将来，人们便

---

1 Frank Lloyd Wright（1867—1959），美国建筑师、室内设计师、作家、教育家。
2 John Ruskin（1819—1900），英国维多利亚时代艺术评论家、赞助家。

会开始指责它含混不清、昙花一现呢？

在永恒之城[1]的月亮公园以及光之城[2]的有名的游园会上，一些对混沌之屋的粗暴模仿向公众开放了。我们就不要在这里浪费哪怕一滴墨水和一分钟的时间来辱骂它们了吧。

奥托·朱利叶斯·曼托菲尔的调和主义虽然是种折衷思想，但却足够有趣，他在波茨坦建起的多缪斯殿堂，使家-卧室与旋转舞台、循环图书馆、冬日花园、完美无瑕的雕刻群、福音教堂、佛寺或小庙、溜冰道、壁画、管风琴、换汇行、小便池、土耳其浴室、多层鸡肉馅饼协调在一起。就在它面世的庆祝活动后不久，这栋多功能建筑的昂贵维护费用就招致了它被贱卖、夷平的残酷结局。请不要忘记那日期！一九四一年四月的二十三或二十四日！

现在，不可避免地，轮到一位更伟大的人物代替前人登场，那便是来自乌德勒支的维杜森大师。这位名人领事书写并创造了历史：一九四九年，他出版了名为《最新奥尔加农[3]

---

[1] 指意大利罗马。
[2] 指法国巴黎。
[3] Organum，一种古老的歌唱形式，也是最原始的复调音乐形式，起源于中世纪。

建筑》的作品；一九五二年，在贝恩哈德王子的资助下，他为自己的"门窗之家"揭了幕，仿佛整个荷兰都亲切地为它施了洗。让我们在此总结一下它的主题：毫无疑问，墙、窗、门、公寓和屋顶是那栋现代人栖居地的基础元素。无论是闺房中最轻浮的公爵夫人，还是牢房中等待晨光将自己安置在电椅上的残忍暴徒，都不能避开这条法律。小史在我们的耳旁说，殿下只提出了一条建议，维杜森就又加入了两个元素：梁柱与楼梯。满足这些条件的建筑占据了一块矩形的土地，长六米，纵深不到十八米。六扇门填满了建筑物正面的第一层，每一扇都向内对着另一扇一模一样的门，二者间隔九十厘米，如此这般，直到尽头墙壁的第十七扇门。简洁的侧面薄墙将这六个平行的系统、共计一百零二扇门隔开。从正对面楼房的阳台上，学者可以观察到：二层有许多六级台阶，Z字形上上下下；三层只有窗户；四层只有柱子；五层和六层只有地面和天花板。楼是玻璃制的，这一点可以令人们从周边房屋中轻松地检视这栋建筑。这真是完美的珍宝，没有任何人敢去仿造。

到这里，我们已大致描述出了不宜居建筑的形态学发展，它们是密集又清新的艺术光束，不向任何功利主义低头屈服：没有人能横穿它们，没有人能在其中伸展身体或者蹲下，没有人能在哪块凹陷的空间里待住，没有人能在那极不实用的阳台上招手问候别人，没有人能晃一晃手帕，或从窗口跳出。彼处，只有秩序与美。

附注：上文的全景状况已经有了改动，通过电报我们了解到，在塔斯马尼亚有了一种新建筑萌芽。皓驰基斯·德·埃斯特法诺此前一直都在最正统的不宜居建筑的潮流中，直到有一天，他创造出了一栋名为"我控告"的建筑，毫不犹豫地撼动了从前备受崇拜的维杜森的理论地基。他引证说，无论墙壁、地面、房顶、门、天窗、窗户多不实用，仍旧是功能性传统主义的陈旧如化石的元素，人们趋向于摒弃这种主义，但它总是从另一扇门溜进来。在鼓声和钹声的欢迎中，他宣布了一种新不宜居建筑的产生，它抛弃了那些过时的元素，并且也没有落入陷阱，没有成为一个没有形状的大团。怀着持续的兴趣我们正等待着这种最新表达形式的设计模型、平面图和照片。

通往帕纳斯的阶梯

我在卡利和麦德林度过了一个应得的短暂假期，回程时，一条充满悲伤细节的消息在我们埃塞萨机场的特色酒吧里等着我。有人说，到了一定年纪，若是身后没人摔一大跤，我们都不会回头瞧一瞧的。这一次，我当然指的是圣地亚哥·吉因茨贝格。

此时此地，我正抑制着这位密友的离去带给我的哀痛，好去纠正——但愿我可以做到——媒体散出的各种错误解读。我得赶紧说清楚，这些错误言论中并没有包含一丝一毫的敌意。它们是情急之下催生的产物，是可以原谅的无心之过。我会把事物放回它们原本的位置。仅此而已。

一些"评论家"好像忘记了，吉因茨贝格出版的第一本书是优缺点俱备的名为《对你我来说的关键》的诗集。在我收藏并不丰富的书房里，有一个带锁的书柜，柜中就保存了这本十分有趣的小书的第一版，可以说是绝无仅有的本子。全彩的简洁封面上，有罗哈斯绘出的作者头像，以及萨梅特建议的题目，排版采用了博多尼[1]字体，整体上文字通顺流畅，总之，一切都做得恰到好处。

书出版的日期是一九二三年七月三十日。随后发生的事其实可以预见：极端派诗人对其进行了正面攻击，人们所熟知的典型评论打着哈欠表达了轻蔑，一些没什么影响力的报刊短讯对其进行了报道，最终，在昂塞的马尔孔尼酒店举办了例行的发行宴会。没人在我们将要提到的十四行诗中看到明显的新东西，因为它们潜得很深，只是不时地从昏沉沉的平庸文字中探出头来。我在此将它们列出：

朋友们聚在街角

bocamanga 下午从我们身边溜走。

1　Bodoni，一种常用设计字体。

神父费伊霍（他姓卡纳尔？）在一些年后标注说（《拉普拉塔河流域的性质形容词研究》，1941），bocamanga 这个词很奇怪，他一直怀疑它是否被收录在了权威版本的皇家语言学院词典中。他认为它傲慢、快乐、极具新意，并提出了一个假设——那将被说出的言语令我颤抖——它是一个形容词。

再来看下另一个例子：

爱的双唇，由吻来连结，
他们说，如常，nocomoco。

我要豪爽地向各位坦诚，最开始，我并不明白这个 nocomoco。再来一个例子吧：

邮箱！星辰的疏忽
背弃了占星术的博学。

据我们所知，这首美丽的双行诗开头的一个词并没有激起任何来自权威的质疑；这种宽容，从某种程度上讲很有道理，因为"邮箱"是从拉丁语的 bucco 来的，大嘴，就在上文所提的词典的第十六版的第二百零四页闪亮。

为了避免未来的不愉快，他当时便做了一件我们认为很有预见性的事：在知识产权局留下了一个在那个时代还算可信的假设，说"邮箱"这个词纯粹是一个错误，诗句应该被读成：

人鱼！星辰的疏忽

如果愿意的话，还可以读成：

老鼠！星辰的疏忽

没人能把我称为背叛者。我打的都是明牌。在修正稿被登记下来的六十天后，我给我杰出的朋友发去了一封电报，直言不讳地和他谈了谈他所走出的这一步。他的回答给我出了个难题；吉因茨贝格表示，只要人们承认争议中的那三个变化的词汇可以是同义词，他就会同意我的看法。我只得向他低了头，还能有什么别的办法呢？受到了迎头一击后，我向神父费伊霍（他姓卡纳尔？）征询意见，他很智慧地思考了这个问题，最终认为，尽管三种版本都摆出了它们显而易见的魅力，但却没有一个可以令他满意。看起来，这问题只好归档结案了。

第二本诗集，副标题为《一簇芳香星辰》，藏在某些"书店"地下室里，覆着尘土。《我们》杂志针对其出版的、署名为卡洛斯·阿尔贝尔托·普罗舒多的文章在很长一段时间内都将会是决定性的，因为另一位重要评注家虽然也发表了自己的见解，但却并没有察觉到这本诗集一些奇特的语言点，而正是这些语言点构筑了这部作品值得称颂的真正精髓。它的词语很简短，这是一不小心就会逃过评论双眼的东西：四行诗中的 Drj；一首已成为经典、出现在不止一部小学用诗歌合集中的十四行诗里的 ujb；八音节三行诗《致佳偶》中的 ãll；满怀伤痛的一段墓志铭中的 hnz；但还有什么必要再这样举例下去呢？只是徒劳而已。我们此刻就不谈论那些完整的句子了；它们中没有一个单词是在词典里出现过的！

Hlöj ud ed stá jabuneb Jróf grugnó.

若不是因为笔者在保存良好的书架床上悄悄掘出了一小本吉因茨贝格的亲笔笔记，以上创作的精髓将会被永远埋没，在最意想不到的一天，名誉的号角会响起，授予这本书最佳及最终作品的称号。很明显，它是一部凌乱不堪的集子，混合了吸引阅读爱好者的谚语（"不会哭的孩子没奶吃"；"不卖的面包"[1]；"敲门敲不停，总会有响应"，等等）、颜色浓重的图画、签名练习、百分百理想主义的诗句（弗洛伦西奥·巴尔卡尔瑟的《香烟》、基多·斯巴诺的《挽歌》、埃雷拉的《拂晓涅槃》、凯洛尔的《在平安夜》），一份不完整的电话号码列表，还有也很重要的，最权威的关于某些词汇的解释，比如，bocamanga、ñll、nocomoco，还有 jabuneb。

让我们继续谨慎前行。面对 bocamanga，我们会（？）把它看成 boca 和 manga[2]，字典里把它解释为："袖子最接近手腕的部位，尤其指的是袖内或里衬的该位置。"吉因茨贝格并不同意这种定义。那个有他亲笔笔记的小本上写着："bocamanga，在我的诗句中，指的是一种情绪，一种多年后

---

1 Como pan que no se vende，阿根廷谚语，指没有起到应有作用的事物。
2 西班牙语中，boca 意为嘴、口，manga 意为袖子。

在脑海中失而复得某段旋律的那种情绪。"

他还揭开了 nocomoco 的面纱。他很清楚地肯定："相爱的人总是说，他们在毫不知情的情况下相互寻找，在相见前便已相知，他们共同的命运就是他们一直相守的证据。为了省去或简化此类叙述，我建议他们使用 nocomoco 这个词，若想节省更多时间的话，用 mapü 或者简单的 pü 就可以了。"很可惜，十一音节诗的专横规则给这句话安上了三个词中最不悦耳的那一个。

关于经典段落中的"邮箱"，我为各位保留了一个巨大的惊喜：它并不像凡夫俗子能想象到的那样，是一个典型的、圆柱形的、色彩鲜艳的、从洞里把信件吸进去的装置；小本子告诉我们，吉因茨贝格更偏好"随意的、偶然的、与秩序不兼容"的含义。

在这列既不疾驰又不停歇的车上，逝者逐渐提到了大多数他使用过的未知词汇，它们都很值得读者注意。如果让我们商量一下，只举一个例子，那么我们将会奉上这一个：jabuneh 定义的是"悲伤的朝圣之旅，目的地是与那个不忠的女人曾共游的地方"；而 grugnó，广义来讲，含义是"发出一声叹息、一句抑制不住的关于爱的抱怨"。我们将会如履炭火般地遇到 ãll，不过，在这个词语上，吉因茨贝格树立起的拥有良好品位的名声似乎背叛了他。

在被各样的解释烦扰了许久之后，严谨的态度促使我们抄下了他在第一页为我们留下的按语："我的目的是创造一种诗歌语言，构成它的术语在惯用语言中无法找到一一对应的翻译，然而这些术语所指的情形及情感是，且向来都是抒情诗最基本的主题。读者应该记住，我用声音表达的，比如 jabuneh 或 hloj，只是大致的定义。此外，这也是一种刚刚开始的尝试。我的后继者将会奉上各种变体、比喻、色彩。毫无疑问，他们会丰富我这个卑微的先驱者的词库。请各位不要陷入语言纯正癖的陷阱。改变起来吧。"

好　眼　光

　　S.A.D.A.（阿根廷建筑协会）大张旗鼓煽动起的冷战，在加赖伊公园的技术指挥所操纵的诡计下愈演愈烈，经由黄色新闻媒体[1]大肆宣扬，其激荡的回声抛出一缕残忍的光束，没有绢罗或是中国屏风的遮掩，直直落在了我们之中最廉洁、最具诚信的雕塑家以及其被低估了的作品之上：他便是安塔尔提多・A. 加赖伊。

　　一切都要在记忆中向前追溯，甚至可以追到遗忘之境，那段回忆与牙汉鱼配土豆佐莱茵河葡萄酒酱汁有关：一九二九年左右，我们在洛欧米斯的餐桌上品尝了这道令人难忘的菜品。那一代人中最显眼的一群人——我指的是文学方面——那晚在盛宴与缪斯们的召集下聚在了帕雷拉街。最后的香槟酒祝酒辞，是由戴着手套的蒙特内格罗博士完成的。众人不是在说弗朗茨和弗里茨[2]的笑话，就是在说简短精炼的聪明话儿。桌上的那个穿燕尾服的加利西亚坦达罗斯[3]把甜点一扫而光，一点儿都没给我们留，还有一位同桌坐在一个角落，是外省人，很谨慎，十分懂得分寸，在我得意洋洋地谈起造型艺术时，他完全没有指手画脚加以评论。我们就承认吧，至少那次，这位聚会参与者一直都在倾听我那丰富而冗长的演说；后来我们去五街角书店酒吧里喝了杯牛奶咖啡，就在我即将诵读完自己对洛拉·莫拉的喷泉[4]的分析赞美诗时，他告诉我自己是雕塑家，并递给我一张名片，邀请我去参加他即将在艺术之友大厅、从前的凡·列尔画廊举办的，面向家人和闲杂人等的作品展。我在答应他之前，想等他先结账，不过他犹犹豫豫地，直到三十八路工人上工的有轨电车过去后才把

---

1 prensa amarilla，新闻报道和媒体编辑的一种取向。理论上以煽情主义为基础，操作上倾向于报道犯罪、丑闻、流言蜚语等主题内容，意在迅速吸引读者，同时策动社会运动。此"黄色"没有色情含义。
2 阿根廷一系列以嘲笑移民为主题的笑话中的两位主角。
3 Tántalo，希腊神话人物，因烹杀其子而被打入冥界，永远忍受饥渴的折磨。
4 即涅瑞伊得斯喷泉（Fuente Monumental Las Nereidas），亦译作海仙女喷泉，阿根廷雕塑家洛拉·莫拉的作品。

款付掉……

开幕当天，我去了现场。第一天下午的展览进行得热火朝天，不过，在人们冷静下来之后，一件作品都没有卖出。标着售出字样的小卡片没能骗过任何人。与此相反，报刊上的评论却极尽所能地说漂亮话儿；他们甚至不吝赞美地将他与亨利·摩尔相提并论。为了报答他的好意，我在《拉丁美洲杂志》上发表了称赞的文章，只不过把自己藏在了笔名"前缩透视法"后。

展览并没有打破从前的老模式；展品都是些石膏模子，就是那些在初级教学中，绘画教师会反复教大家使用的呈两对或三对的，有树叶、脚和水果图样的那种模子。安塔尔提多·A.加赖伊向我们指出了关键，说不应该关注树叶、脚或水果，而应该先关注模子与模子之间的空间及空气。这后来也成为了他所说的、我在法语出版物中所清楚指出的凹陷雕塑。

第二次展览也取得了与第一次相同的成就。这一次是卡巴依托街区办的，它的氛围很单一，只有光秃秃的四面墙壁，没有其他任何摆设，平滑的屋顶上有几条石膏线，木地板上有六片散在各处的瓦砾。我在售票处贩卖每张四毛五的入场券，生意很好，不过我也会告诉那些无知的人："这些物品本身一文不值；对于品位考究的人来说，最精髓的部分是在石膏线和瓦砾之间流动的空间。"目光短浅的评论看不到那在空当中进行的确凿无疑的演化，他们执着地为那里没有树叶、水果和脚而感到惋惜。我坚定地认为这一活动有失严谨，它的各种不良后果也接续而来。从一开始就爱嘲笑又轻信舆论的民众对其不断施压，直到最后所有人聚在一起，在雕塑家生日的前一天把展览给烧了，他本人也好生痛苦了一番，因为人们用瓦砾砸伤了他，正好砸在了当地俗称臀部的地方。售票员——正是笔者本人——则提前嗅到了将要发生的事，觉得不捅马蜂窝为妙，早早就把门票款塞在一个编织袋里溜走了。

我的路线很清晰：找到一个难以定位的藏身之处，一个老巢，一个避难所，好在杜兰德医院的实习医生准许那位受挫的先生出院时，继续留在暗处。在一个黑人厨师的帮助下，我住进了距离昂赛一个半街区的新公正酒店，在那里，我为《塔德奥·利马多的受害者》[1] 搜集了材料，做好了研究。也是

---

[1] 重要的注释。我们借此机会，为各位购书者迅速奉上 H. 布斯托斯·多梅克所著作品《伊西德罗·帕罗迪的六个谜题》。(H. B. D. 注)——原注

在那里，我不断地接近了胡安娜·穆桑特[1]。

一些年后，在"西部酒吧"里，面前摆着牛奶咖啡和牛角包的我遇上了安塔尔提多·A.。他已经痊愈，并且很细心地没有提编织袋的事。就着第二杯牛奶咖啡的热气，我们很快便开始重新庆祝我们源远流长的友谊，后来那杯咖啡也是他拿私房钱付的。

此刻正鲜活，还有什么必要追忆过去呢？像恍然大悟的愚人的我，说的正是这一次在加赖伊广场举办的卓越展览，它为我们那位四处奔波的斗士的执着工作和极富创造性的天分画上了完满的句点。一切都是在"西部酒吧"悄悄计划出来的。人们轮番喝着大扎啤酒和牛奶咖啡；而我们两个，什么都没喝，只顾进行友好的谈话。就在那时，他小声地告诉了我他的计划，仔细想来，那只不过是一块由两根松木杆支撑的写着安塔尔提多·A.加赖伊雕塑展的广告牌。我们想把它立在一个合适的地方，让从河间大道过来的人都能看见。我一开始想用哥特字体，但后来两人都让了步，最终采用了

---

[1] 《塔德奥·利马多的受害者》中重要人物。

花底白字的方案。我们在没有得到市政府的任何许可的情况下，趁夜色正浓，保安正眠，在雨中装好了那块巨幅广告牌，两个脑袋被淋得透透的。任务一完成，我们便朝不同方向散开走了，免得被法警逮住。我的住处在波索斯街，转个弯就到；艺术家则不得不走回到鲜花广场附近的居民区。

第二天，被纯粹的贪婪俘获的我，怀着早早叫醒朋友的欲望，在粉色朝霞的伴随下来到了广场的绿化带，那时雨已停了，不再落在广告牌上，小鸟也都在向我发出问候。一顶有橡胶帽檐的平顶帽、一件有珠光纽扣的面包师罩衫赋予了我某种身份。至于入场券，我已经很谨慎地把上一次剩下的票藏好了。一些不起眼的，也可以说偶然经过的路人一声不吭地支付了五毛钱，他们和那些在三天之后就起诉了我们的抱团儿的建筑师是多么的不同啊。和那些讼棍所声称的相反，这事件十分清晰敞亮。长久的烦扰过后，我们的律师萨维尼博士终于在他位于帕斯特乌尔街的著名办公室弄清楚了这一点。对于法官，这位做最终决断的人，我们打算在最后时刻拿出门票收入的一小部分来贿赂他。我是打算笑到最后的。希望所有人慢慢明白，加赖伊在同名广场展出的雕塑作品，就是那个它立于其中的空间，在索利斯街与帕翁街的建筑之间直达天顶的空间，此外，还包括之中的树木、长椅、小溪，以及通行其间的市民。好眼光就这样强势降临了。

附注：加赖伊的计划在逐步扩展。他完全无视诉讼结果，现在正在构思另一个展览，即第四号展览，预计它将覆盖整个努涅斯区。谁知道，或许明天他杰出的阿根廷作品将包含金字塔与狮身人面像之间的全部空间呢。

缺席无害

这么说吧，每个世纪都会推广它自己的作家、它时代的最强音、它真正的代言人。我们要说的这位先生在一九四二年八月二十四日出生于布宜诺斯艾利斯，时光匆匆过去，他也在同一座城市成名。他的名字是图里奥·埃雷拉；出版的书籍有《赞歌》（1959）、获得了城市二等奖的诗集《起早更早》（1961），此外还有已完成的、一九六五年的小说《要有就有了》。

《赞歌》源自一段奇特的故事，这个故事与一个由妒忌编织的阴谋息息相关，这阴谋围绕着上述作家的亲属、彭德雷沃神父的名誉展开，后者曾六次被指控抄袭。无论与之亲近还是疏远，人们都不得不摸着良心，认可这位年轻作家对自己叔父的可爱的支持。各方评论花费了两年时间，才得以描绘出该事件的特殊状况：在争论进行时，从始至终都没有提到相关人物的姓名，没有涉及任何被抨击的作品的题目，也没有列出被抄袭作品的名录。不止一个文学侦探断言，此类变戏法儿般的写作手法都遵从着一种至高无上的细腻；因为时代的滞后，甚至连最活跃的评论家都没有意识到，那事实上是一种新美学发出的第一击。这种美学在《起早更早》的诗歌中得到了更广泛的体现。被其简单明了的题目所吸引的普通读者付款买下了一本，但却丝毫进入不到书籍的内容之中。他读完了第一行诗

食人魔居住于乡土缺

却察觉不到，我们的图里奥像埃尔南·科尔特斯一样，走在了时代的前沿。金链条就在那里，只需恢复其中某个环节便可找到。

在某些同心圆的……圈子中，人们指责这句诗太过黑暗；若要澄清它，没有什么能比下面这段轶事更清楚有力：这段

故事编得有头有尾，可以让我们隐约瞧见站在阿尔韦亚尔大道上的诗人，他——裹着一身小麦色的衣裳，胡须稀疏，腿上束着绑腿——正问候塞尔乌斯男爵夫人。传说中，他对她说：

"夫人，很久没有听见您吠叫了！"

他的意图很明确。诗人指的是更能凸显对方贵妇人身份的京巴犬。这一短句，是一句礼貌话儿，在一瞬火光间向我们揭示了埃雷拉的创作理论；他没有解释来龙去脉，但我们一下子——这简明扼要的奇迹！——就从男爵夫人跃到了犬吠。

同样的方法在前文更早出现的诗句中亦有体现。他有一个笔记本在我们手中，一旦这位精力旺盛的诗人在壮年去世，我们便会出版。这本笔记告诉我们，"食人魔居住于乡土缺"这一诗句最初是更长的。对细枝末节的精确修剪使今日令我们目眩的那一行总结性短句得以诞生。第一稿是十四行诗风格的，它的光彩可见下文：

克里特的食人魔，居于
自己迷宫家园的牛头怪：

而我，乡土、黝黑的我，

无时无刻，缺屋顶遮盖。

《起早更早》的题目，则体现了一种现代省略法，总结了古老而又年轻的谚语：起得再早，天也不会亮得更早。这一谚语的最原始形式已被克雷阿斯记录在典籍中了。

现在再来聊聊小说。埃雷拉此前已经将他的四卷手写笔记卖给了我们，但暂时禁止我们出版，因此，我们都在盼望他的死期来临，好把稿子带到拉纽那台老旧的印刷机那里。但这事还需等待许久，因为作家有运动员的健硕体格，他要是深深一呼吸，我们就没有空气可吸了，所以，期待一切尽快结束好满足市场好奇心的想法十分站不住脚。在咨询过律师之后，我们赶紧为《要有就有了》预测了一段概括以及其形态学演化过程。

《要有就有了》的题目当然来自《圣经》中那一句"要有光，就有了光"，不可避免地，他去掉了当中的一些字。这本书讲的是两个名字相同的女人之间的竞争，她们都爱上了同一个人，不过这个人在书中只被提到了一次，这一次所提的名字还被弄错了，因为某一次作者在激动地分享他的构思——这让我们和他都备感荣幸——时，说那个人物名叫鲁贝托，而他写在书里的则是阿尔贝托。的确，第九章提到了鲁贝托，但那是另一个人物，是很特别的一次重名。两个女人被困在一场严肃的竞争里，最终，在一剂高浓度氰化物的帮助下，问题得以解决，埃雷拉怀着蚂蚁般的耐心细致地描述了这令人毛骨悚然的一幕，只不过，当然，他把它删掉了。另外还有一处令人难忘的笔墨：投毒者发现自己枉杀了另一个女人，因为鲁贝托爱的并不是受害者，而是这场战争的幸存者，但为时已晚了！埃雷拉精心设计了这样能为作品加冕的一出戏，为其增添了各种精彩的细节，但却没有写出来，免得随后还得将它删去。因为合同明确地让我们保持沉默，我们只能轻描淡写地带过那出人意料的结局，但毋庸置疑的是，它很可能是当今小说艺术中已达到的最高成就。读者可以接触到的人物只不过是些龙套，也许是从其他作品中移过来的，对情节并没有太多帮助。人们在没有价值的对话中来回穿梭，并不知晓发生了什么。没有人怀疑什么，公众就更不可能有什么思虑，不过作品倒是被翻译成不止一种外语，并已获得了很高的荣誉。

在结束之前,我们以遗嘱执行人的身份承诺,将会全文出版作者的手稿,包含其全部漏洞及被删除的部分。这一计划将以认购和提前付款的形式执行,一旦作者去世,便会开始操作。

同时,为作家在查卡里塔公墓捐一座胸像的认捐活动已经开始,塑像将由雕塑家萨诺尼完成,他会依照将被追思的作家的身材比例,塑造一只耳朵、一个下巴和一双鞋。

那位多才多艺者：维拉塞科

众所周知，文字轻盈飞舞的作家们、文学评论界最优秀的塞克斯顿·布莱克[1]们一直以来都在教导我们，维拉塞科的众多作品，独一无二地推动了本世纪西班牙语诗歌的进化。诗人奉上的第一部作品，出版于费舍顿（罗萨里奥）《远洋信件》上的《灵魂的悲苦》（1901），是当时作为新人的他的一部可爱的小作品，当时的诗人还在寻找自己，上下求索间，不免多次跌入了乏味无趣中。相较于一位天才竭力创造的杰作，这首诗更像是一部读者的作品，因为它充满了基多·斯巴诺及努涅斯·德·阿尔瑟的影响，埃利亚斯对他的熏陶就更加明显了。用一句话来说，若不是他之后作品所洒下的光辉，没有人会注意到他青年时代的这个小污点。几年后，他出版了《法翁的哀伤》(1909)，长度及韵律皆与第一部作品相似，但已被敲上了当时流行的现代主义的印章。接下来，卡列戈又对他产生了影响。在一九一一年十一月的《面与面具》[2]上，我们看到了他的第三张面孔：一首名为《小面具》的诗。尽管深深被那位布宜诺斯艾利斯的城郊歌手吸引，但在《小面具》中，维拉塞科已经稍稍显露出了成熟后的他在《万花筒》中展现的独特个性及高贵语调，这后一部作品发表于《船首》[3]杂志，下方还配有著名的隆戈巴尔迪的插画。事情到此并没有结束，一些年后，他还将出版精心创作的讽刺诗《蛇蝎之心》，其中生硬得奇怪的语言彻底地将他与陈旧的文字分隔开来。一九四七年，在鼓乐齐鸣中，《领袖艾薇塔》的首发式在五月广场举行。几小时后，文化委员会的副主席维拉塞科将会用空闲时间来创作自己的最后一部作品。唉！他比图里奥·埃雷拉去世得早多了，后者还像章鱼一样紧紧地抓着生命不放呢。《集体的赞歌》是献给不同政府部门的诗

1　Sexton Blake，英国漫画虚构人物，职业为侦探。
2　*caras y caretas*，阿根廷周报（1898—1941）。
3　*Proa*，博尔赫斯于 1922 年创办的杂志。

歌,也是他的创作绝唱。他的生命在晚年才被斩断,所以他有机会把自己各异的作品编撰成集。那是一本可悲的小册子,是在我们友好的胁迫下,由作家本人在弥留之际、在被带往殡仪馆前不久签字付印的,出类拔萃的藏书家们将会在我位于波索斯街的住处订购到这本书,它将在他们的圈子中广泛流传。事实上,在预先支付的订金支持下,经过精心计算的五百本泡沫纸板印刷的册子组成了这本书的首版,它们将通过邮局飞速送达读者手中。

由于用钢笔为本书亲笔书写了十四号斜体字的详尽分析前言,我感觉身体十分虚弱,灵感的火光也消失了不少,因此,我曾向一个笨人[1]求助,请他帮我装信封、贴邮票、写地址。这个爱管闲事的家伙,不仅做了他的分内事,还浪费宝贵的时间,阅读了维拉塞科的七部苦心之作。他因此得以发现,除题目之外,这七部作品事实上是一模一样的。甚至没有一个逗号、一个句号或是一个单词的差别!这一发现完全

---

[1] 若想确定此人身份,请查阅《与拉蒙·博纳维纳一起度过的下午》,收录于绝不可错过的《布斯托斯·多梅克纪事》(1966)中。此书各大书店有售。——原注

是偶然的结果，在对维拉塞科变化多样的作品的严肃评价面前，没有任何重要性，我们在文章最后提到它，完全是出于单纯的好奇心。毫无疑问，这所谓的污点给这本小册子增添了一种哲学维度，并再一次证明了，尽管微小的细节容易让庸人迷失，但一切艺术终究是同一且唯一的。

我们的一支画笔：塔法斯

我们对杰出的阿根廷人何塞·恩里克·塔法斯的记忆中充满了敬意，然而，强劲的象征性浪潮的回归很可能会将它淹没。一九六四年十月十二日，塔法斯在克拉罗梅口著名的温泉疗养地、在太平洋的海水中突然出事身亡。溺水时他还很年轻，唯一成熟的就是他的画笔，离开时，他为我们留下了一套严谨的戒律以及一幅散发光芒的杰作。将他与大批陈旧过时的抽象派画家混为一谈是一个微妙的错误；他与他们都到达了同一终点，然而所经过的路径却是截然不同。

我在记忆的最偏爱之处保留着与他初识的那个亲切的九月早晨的样子，我们的相遇很偶然，就在贝尔纳尔多·德·伊里戈延与五月大道间南边拐角的报亭那里，它直到现在都在原地炫耀着自己那挺拔的侧影。当时的我们都沉浸在年轻人的寻欢作乐之中，之所以在那个人来人往的报亭遇见，是因为两人都正在那儿找托尔托尼咖啡馆的彩色明信片。那次巧合是决定性因素。坦诚的话语将微笑打开的交流带上了新的高度。一知道我的新朋友已经收集到了另外两张分别印着罗丹的沉思者以及西班牙宾馆的卡片，我便对他充满了好奇，对这一点我绝不会加以掩饰。我们两人都是艺术的崇拜者，身体里充满热血，对话很快就上升到了当时的现实问题。彼时，其中一人已经是出色的短篇小说家，而另一人则是仍默默无闻、手执画笔的未来之星，但对话并没有因此而中断，尽管人们很可能会为之担心。两人共同的朋友圣地亚哥·吉因茨贝格的名字扮演了桥头堡的角色。我们随后又婉转地评论了当时某个大人物的轶事，各自饮下了大扎的啤酒，到最后，对话飘飘然地延伸到了永恒的话题。我们约好了下个周日在混合列车咖啡馆见面。

就是在那时，他给我讲述了他遥远的穆斯林血统，讲述了他父亲裹着一块毯子来到这片海滩的故事，之后，他试图向我说明他将如何填满画布。他对我说，暂且不提胡宁街的俄国人，只说穆罕默德的《古兰经》，经文禁止绘画中出现面孔、人物、容貌，以及鸟类、牛犊和其他生物的形象。如何能在不触犯安拉戒律的情况下运用画笔及颜料呢？最终，他还是选择了与之作对。

一位来自科尔多瓦省的发言官曾教导他，一个人若想在艺术中创新，需要清楚地证明自己已经掌握了它，可以像任何一位大师一样遵守其所有规则。打破旧有模式是这几个世纪的强势呼声，但候选者应提前证明他已熟练掌握已有的规则。正如卢姆贝拉所言，在把传统丢进垃圾前，我们要好好地吸收它。塔法斯这个美丽的人儿，领会了这健康的话语，并将之付诸实践。首先，他将布宜诺斯艾利斯的城景用画笔忠实地描绘出来，效果堪比相片，仿佛一个缩小版的大都市，宾馆、咖啡馆、报亭和雕像，悉数还原。他没有把作品展示给任何人，甚至与他在酒吧分享大扎啤酒的一辈子的好友都不例外。接下来，他用面包渣和自来水将画作擦除。随后，再往上抹一把沥青，使画面完全变黑。他很认真地，为每件一模一样的黑褐色产物标上了正确的名字，在样本上，我们可以读到托尔托尼咖啡馆或是明信片报亭的字样。当然了，作品价格也各不相同；它们随被擦除作品的色彩、透视和构图等方面的细节的变化而变化。抽象主义团体无法在这些作品的名称面前妥协，提出了严正的抗议，而美术馆则无视他们的意见，用让作品贡献者哑口无言的巨款订购了十一幅画中的三幅。报刊上的评论倾向于赞扬，只不过这一位喜欢这一幅作品而另一位偏爱那一幅。总而言之，是种尊崇的气氛。

这就是塔法斯的作品。据我们所知，他当时在准备一幅原住民题材的作品，正打算去北方写生，一旦完成，就会给它抹上沥青。真令人惋惜！他的溺亡从阿根廷人的手中夺走了这部作品。

服　装　I

据说，那次复杂的革命开始于内科切阿。时间，在颇值得玩味的一九二三年到一九三一年之间；主要人物，是埃德瓦尔多·S.布拉德佛德以及退休的警察局长希尔维拉。第一位的社会身份有些模糊，但却在那条老木栈道上成为了颇有名望的人，同时，也没耽误人们在舞会、摸彩处、孩子的生日会、银婚庆祝仪式、十一点的弥撒、台球厅和最惹人注意的别墅中瞧见他的身影。很多人都记得他的模样：戴一顶软软的、帽檐可以弯折的巴拿马草帽和一副龟甲眼镜，蜿蜒的胡须虚掩着纤薄的双唇，小翻领上系着领结，白色的西装上钉有进口的纽扣，袖口钉着袖扣，高跟军靴为他原本平庸的身高添了些许风采，他右手执马六甲拐杖，左手伸展在一只浅色手套里，在大西洋的微风中，缓缓地不停晃着。他的话总是透着天真良善，会涉及各类不同话题，但最终总是会滑到与里衬、护肩、卷边、短裤、内衣、天鹅绒领以及大衣息息相关的主题上去。这样的嗜好不应令我们奇怪；他只是特别怕冷而已。没有人见过他下海游泳；从木栈道一头走到另一头时，他会把脑袋缩在肩膀里，双臂交叉着或是把手塞在兜里，整个人抖个不停。他还有一个特点逃不过遍布各处的观察家们的双眼：尽管他挂着一块怀表，表链连结着他西装的翻领和左侧的衣兜，但他却顽皮地拒绝告知别人时间。虽然他的慷慨众人皆知，但他却从来不付小费，也不会给乞丐一文钱。咳嗽常来搅扰他。他是个善于社交的人，但总是在某种值得称颂的意义上与人保持着谨慎的距离。他最喜欢的口头语是：别碰我。他是所有人的朋友，但却从不让人进他的家门。一直到一九三一年二月三日这个不幸的日子之前，最出色的内科切阿人都不曾怀疑过他住处的真实性。证人之一断言，在那一日的几天前，曾看见他右手拿着钱夹，走进了吉罗斯油漆店，出来时，拿着同一钱夹和一个圆柱形的大包裹。若没有退休警察局长希尔维拉的敏锐和坚毅，也许任何人都不会出来揭开他的面纱。希尔维拉是在萨拉特[1]锻炼过的人，他凭借猎狗般的直觉，最先起了疑心。在那段时间，他谨慎地跟踪过他，对方尽管看起来并无察觉，但还是借着郊区的昏暗，一晚一晚地甩掉他。这一侦察行动是那个圈子的人常常探讨的话题，不乏有人疏远了布拉德佛德，将风趣幽默的对话转成了干瘪瘪的问候。然而，富有家庭的成员还是会捧着精致的点心将他团团围住，意图表达对他的热切支持。此外，在木栈道上出现了一些与他相似的人，但若是看得仔细，便会发现，尽管他们打扮相同，但这些人衣着的花色略显暗淡，看起来也明显更穷酸些。

希尔维拉引的炸弹很快就爆炸了。在上文提到的那个日期，身着便装的两位法警在警察局长本人的带领下，出现在无名街的一栋小木屋前。他们反复叫了几次门，最后强行把它撞开，握着手枪闯进了那间老宅。布拉德佛德当即投降。他高举手臂，却没有松开马六甲拐杖，也没有摘下帽子。他们一刻也没耽搁，用专门带来的床单将他裹起来，任他哭喊

---

[1] Zárate，阿根廷布宜诺斯艾利斯省城市。

着争论着，给抬了出去。他轻得过分，这让他们着实吃惊。

检察官科多维亚博士指控他滥用信任、不知廉耻，布拉德佛德当即认罪，辜负了所有忠于他的人。事实很清晰，十分令人信服。自一九二三年至一九三一年，布拉德佛德，这位木栈道上的绅士，一直裸体在内科切阿行走。他的帽子、龟甲眼镜、胡须、领子、领带、链表、西装、纽扣、马六甲拐杖、手套、手帕、高跟军靴不是别的，而是在他皮肤的白板上绘出的彩色画。在如此困难的情形下，若是处在战略高位上的朋友能施加一些合适的影响，那对他来说将会是种支持，然而，被揭露出来的事实让所有人都疏远了他。他的经济状况实在堪忧！甚至没有钱买一副眼镜。他不得不像画出其他东西那样把它们画出来，甚至连拐杖都是假的。法官依严肃的法律判决了罪犯。接下来，布拉德佛德进入了奇卡山监狱殉难者名录，向我们显示了他作为先锋者的凛然。他因支气管肺炎在狱中去世，死时病躯上只有画出来的条纹衫。

卡洛斯·安哥拉达的嗅觉十分敏锐，他总能搜寻到现代性最能盈利的那些方面，凭借这一点，他已经在《时装》杂志上写了一系列称颂布拉德佛德的文章。作为内科切阿木栈道布拉德佛德雕像支持者委员会的主席，他征集了大量的签名与资金。据我们所知，这座标志性雕像没有完成。

唐·赫尔瓦西奥·蒙特内格罗的态度则显得更加慎重和模棱两可，他在夏日大学开了一门暑期课程，大致关于油画笔手绘服装史，以及一些令人不安的、关于此类服饰对传统裁缝工作影响的观点。他的责难与鄙夷立即引起了安哥拉达的不满："他们甚至在他死后都要污蔑他！"十分不悦的安哥拉达向蒙特内格罗发起挑战，要在随便哪个拳击台上与之一决胜负，随后，等对方回击等到不耐烦的他，坐喷气式飞机搬到了滨海布洛涅。与此同时，皮克特人[1]的族群扩大了好几倍。最大胆和最具创新意识的人面对必然的风险，精确地模仿着那位先锋和殉道者。其他性格倾向于一切慢慢来类型的人，则采取了一种中间路线：假发套、画出来的独目镜、刺着永久花纹的躯体。关于裤子上的东西，我们还是保持沉默吧。

---

1 罗马帝国时期至公元十世纪生活在苏格兰中北部的部族。根据记载，其族名可能意为"被涂画者"或"被刺青者"。

这样的谨慎没有起到任何效果。人们的反应很大。时任羊毛制品中心公共关系办公室主任的古诺·芬格尔曼博士，印了一本名为《衣服的本质是保暖》的书，很久之后，又出了一本《让我们裹上自己！》。这一顿盲目的棍棒在热衷于做出一番成就——这也很可以理解——的核心青年之中引起了巨大反响，他们穿上自己的终极服饰，圆鼓鼓地在街上滚着走，这种衣装严严实实地把它们的幸福的所有者从头到脚完全包裹进去。最受偏爱的材料是结实的皮子和防雨布，简单来说，还有能抵抗击打的羊毛垫。

到这里还差一个美学印章。塞尔乌斯男爵夫人将它带给了他们，她开创了一个新的方向。首先，她回到了直立行走原则，解放了人们的手臂和腿。她与一个由冶金学家、玻璃艺术家、灯具生产商组成的团体合谋，创造了一种名为"造型装束"的服饰。很显然，尽管存在没有人会否认的重量问题，这种装束可以保证其穿戴者走动时的安全。它包含一些金属的部分，会令人想起潜水服、中世纪骑士和药店里的公平秤，还带有一些旋转的闪亮光点，令过往行人眼花缭乱。同时还会断续发出叮叮声，仿佛悦耳的车铃。

有两个流派源自塞尔乌斯男爵夫人，（据小道消息说）她更支持第二个。第一个是佛罗里达派；另一个，感觉更受欢迎的，是博埃多派[1]。尽管存在细微差别，两群人有一个共同的特点，那就是都不敢冒险上街。

---

[1] 佛罗里达派（Florida）与博埃多派（Boedo）是阿根廷二十世纪二三十年代两个非正式文艺、文学先锋流派。

服　装　II

尽管人们已适时指出,"具备功能的"所形容的性质在建筑师的小世界中清楚地指向了名誉的丧失,但在服装界,这种性质已爬上了重要非凡的位置。此外,男性服饰在修正主义评论的冲击面前,给对手可乘之机。很显然,保守分子们想为翻领、裤脚翻边、没有扣眼的扣子、打好结的领带、被诗人称为"草帽踢脚线"的缎带这些缀饰的美——更不用说为其实用性——正名,但他们这种虚妄的目的已不可能达到。公众不再接受这些无用装饰物不道德的专横存在。在这一方面,波夫莱特已彻底失败。

在此值得一提的是,新规则源自一位名叫萨穆埃尔·巴特勒的盎格鲁-撒克逊人的一段文章。他证明了人类的身体是创造力的物质投影，仔细想想，一架显微镜和一只人眼之间并没有区别，前者不过是后者的完美化版本。同样，根据人所共知的关于金字塔及斯芬克斯谜题的故事，我们可以断言，拐杖和腿也是一回事。身体，总而言之，就是一台机器：手不比雷明顿枪差，臀部不比木椅或电动椅差，滑冰的脚不比冰鞋差。因此，逃离机械论的愿望一点儿意义都没有；人本身是眼镜和轮椅最终所完善的那个机制的第一稿。

像许多事一样，当在暗处操作的梦想家和企业家幸福地联合在一起时，就有了那伟大的飞跃。我们说的前者是卢西奥·塞沃拉教授，他向我们大致描述了项目的概况；后者是诺塔利斯，他原先拥有信誉良好的莫诺五金百货店，不过现在这家店已经改变了性质，变成了"塞沃拉-诺塔利斯功能性裁缝店"。我们在此向感兴趣的人推荐一次上述商铺的参观活动，无强制性消费，两位生意人会按情况满怀敬意地接待您。只需非常少的花费，专人服务的专家就会满足您的需求，向您奉上已获专利的"大师手套"，其两个部件（严格对应人的双手）配备了以下手指延长体：锥子、开瓶器、自来水笔、艺术橡皮图章、蜡版刻笔、木匠锥、锤子、撬锁器、雨伞-

拐杖及焊工喷枪。另一些顾客可能会喜欢"商场帽",可以用它来运送食品或是贵重物品,或是其他各类物品。"档案装"还未上市,它将用衣兜代替抽屉。被座椅商抵制的臀部塑料弹簧垫在广场上大受欢迎,它的热卖使我们不必在此广告中对其再做推荐。

一个闪亮的焦点

很荒谬地，在波城举办的最新一届历史学家大会上大获成功的纯历史论文，为人们准确理解该大会造成了极大的障碍。公开反对该文的我们沉浸在国家图书馆地下室的报刊区，查阅了当年七月的所有资料。我们手中同样值得赞颂的一部作品是，为高潮迭起的辩论以及人们所得出的结论做详细记录的多语言简报。第一个主题是：历史是一种科学还是一种艺术？观察家们注意到，争论中对立的两派各说各话，但他们高声提起的都是同样的名字：修昔底德、伏尔泰、吉本、米什莱。在此，我们不会浪费这个大好机会，要先祝贺一下查科人的代表盖伊费罗斯，他勇敢地向其他与会者建议，优先考虑一下我们的印第安美洲，当然了，要从查科这个有不止一个优点的灵秀之地开始。与以往一样，发生了难以预料的事；得到了一致赞同票的论文，据说，是泽瓦斯科完成的：历史是一种信仰的行动。

世人一致同意这种观点的合适时机的确已经成熟，它虽然是革命性的、突然的，但经过几世纪的耐心与反复思索，已做好了准备。确实，每一本历史书、每一个甘迪亚[1]所说的内容，都曾被更早前的史书作品或轻松或艰难地预先料到。克里斯托弗·哥伦布的双重国籍、一九一六年盎格鲁-撒克逊人和日耳曼人同时宣称获得胜利的日德兰海战、伟大作家荷马的七个出生地，此外还有很多事例会跃入普通读者的脑中。在所有我们提出的例子中，都酝酿着一种固执的愿望，即肯定自身、本地人、自家人的愿望。此刻，在怀着开放的精神阅读这本兼容并包的纪事时，关于卡洛斯·葛戴尔[2]的争议却在耳边响起，令我们惶恐。对于一些人来说，他是"阿巴斯托的黑发小伙"，对少数人来说，他是乌拉圭人，或者是法国图卢兹人，和胡安·莫雷拉的事一样，地域之争中相互敌

---

1 Enrique de Gandia (1906—2000)，阿根廷历史学家。
2 Carlos Gardel (1890—1935)，探戈音乐大师。

对的激进人士为莫龙和纳瓦罗吵个不停,更不要提勒吉萨莫[1]了,我恐怕他是东边[2]人。

让我们回到泽瓦斯科的宣言:"历史是一种信仰的行动,资料、见证、考古学、统计学、诠释学、事实本身都无关紧要;历史由历史负责,无需犹疑,不用顾虑,任钱币学家收集他的钱币,古董纸收藏家收集他的纸莎草;历史是能量的注射剂,是带来生机的呼吸,是能力的提升机,由历史学家负责灌满墨汁。它令人陶醉、激动、发怒、勇敢,完全不会令人冷静下来或意志消沉。我们的口号是,坚决反对那些不能强健我们身心的、那些不能令我们积极向上的、那些不值得歌颂赞扬的。"

播了种的土地发了芽。因此,如果从一九六二年的突尼斯地区去看罗马被迦太基所灭的史实,将会有一场欢庆;现在从国内看当年西班牙吞并不断扩大的克兰迪原住民营地,也会认为他们应该受到惩罚。

像许多其他人一样,变化无常的博布莱特已经彻底认

1　Irineo Leguisamo(1903—1985),马术骑师。
2　指乌拉圭。

定，严谨的科学并不以数据的积累为基础；为了教年轻人三加四等于七，并不需要添上累赘，说四块蛋白酥加三块蛋白酥、四位主教加三位主教、四个合作社加三个合作社，也不用说四只漆皮靴加三只长筒羊毛袜；最终靠本能就可以推断出规律，年轻的数学家明白三加四会一直等于七，无需重复那些证据，无需不断提及糖果、凶残的老虎、牡蛎或是望远镜。历史需要同样的方法。对爱国者来说，一次军事战败合适吗？当然不合适。在相关权威认可的最新的文章中，对于法国来说，滑铁卢战役是面对英国及普鲁士暴民的胜利；维尔卡布西奥战役对于从阿塔卡马高原至合恩角的地区来说，是令人惊异的胜利。最初，一些懦夫提出，此类修正主义将会分裂这一统一的学科，更可怕的是，它会令世界史的编辑陷入严峻的困境。如今，我们已知晓，这类恐惧并没有坚固的基础，哪怕是目光最短浅的人都会明白，纷繁的、相互对立的断言均出自同一源泉，那便是民族主义，也是它促成了泽瓦斯科的格言、他的"致全城与全球[1]"。纯历史中充满了

---

1 原文为拉丁语，urbi et orbi，为教皇在特定宗教节日对罗马全城及全世界的文告。

各个民族的正义的复仇主义；墨西哥在铅印的文字中收复了得克萨斯的石油田，而我们，在没有威胁到哪怕一个阿根廷人性命的情况下，得到了极地冰层以及它不可侵犯的群岛。

除此之外，考古学、诠释学、钱币学、统计学，如今已不再是奴仆，它们终于获得了自由，并且，与其母亲——历史学——不同，它们被认为是纯科学。

存在即被感知

作为努涅斯及周边地区的老游客，我注意到，一直屹立在那里的标志性的河床体育场已经不复存在。感伤之际，我就此事询问了我的朋友、阿根廷文学院院士赫瓦西奥·蒙特内格罗博士，并在他身上看到了驱动我追踪此事的动力。当时他在编纂一部好像叫《国家报业史一览》的集子，那是一部优点众多的佳作，他的秘书正为之忙得不可开交。在搜集资料时，他无意间开始寻找问题的关键。在开始对一切感到麻木之前，他请我去找了一个我们共同的朋友——图利奥·萨维斯塔诺，阿巴斯托青年俱乐部的主席。于是，我便去了位于科连特斯大道与帕斯特乌尔街交叉口的石棉大厦去见他。这位领导，尽管不得不严格执行着他的医生兼邻居纳尔本多博士为他设计的双重减重方案，但行动起来仍旧灵活敏捷。因为他的球队面对黄衫军刚刚取得了胜利，他显得神采飞扬，敞开了胸怀，很信任我，在一壶壶马黛茶间，将有关问题的重要细节放在了台面上。尽管我一遍遍对自己重复，萨维斯塔诺是我青年时代在阿奎罗街与乌玛瓦卡街街角一起玩儿的伙伴，但对方的地位仍旧给我带来了巨大压力，为了打破紧绷的气氛，我就最后一个进球向他表示了祝贺：尽管萨尔棱加和帕罗蒂及时出现试图断球，但穆桑特历史性地一传，促成了中场球员雷诺瓦雷斯的进球。在敏感地察觉到我对阿巴斯托俱乐部的感情后，这位大人物吸了最后一口已经吸干的茶壶，颇具哲学意味地高声说道：

"想想吧，这些名字都是我给他们起的。"

"那些绰号么？"我唏嘘道，"穆桑特不叫穆桑特？雷诺瓦雷斯不叫雷诺瓦雷斯？里马尔多不是那个球迷呼唤的偶像的姓氏？"

他的回答让我的整个身体放松下来。

"什么？您现在还相信球迷和偶像？您在哪儿生活过啊，尊敬的唐·多梅克？"

这时，进来一位消防员体格的低级职员，他低声说，菲拉巴斯想和先生说话。

"菲拉巴斯，是那位声音很好听的播音员么？"我惊呼道，"一点一刻开始的亲切的饭后节目的那位振奋人心的主持人、普洛芙茉香皂广告的配音？我的双眼就要看到他长什么样了？他真的叫菲拉巴斯么？"

"请他等会儿。"萨维斯塔诺命令道。

"等什么？难道不该我牺牲一下先告辞么？"我展现了真诚的自我牺牲精神。

"您想都不要想。"萨维斯塔诺回答，"阿尔图罗，让菲拉巴斯进来。也没什么……"

菲拉巴斯很自然地走进来。我本要把扶手椅让给他，但消防员阿尔图罗瞄了我一眼，仿佛抛来一团极地空气，说服了我。主席的声音发表了意见：

"菲拉巴斯，我已经和德·费利佩还有卡玛尔戈谈过了。下一场阿巴斯托会输，二比一。有激烈的对抗，但是请记好了，不要再有穆桑特给雷诺瓦雷斯的妙传了，人们都能背下来这一套了。我想要的是想象力，想象力。明白了吗？您可以走了。"

我鼓足勇气，斗胆问了一句：

"我能说比分是可以被控制的么？"

萨维斯塔诺将我击倒在地。

"没有比分，没有场地，也没有比赛。体育场早已被拆除，只剩一地瓦砾。今天，一切都发生在电视和收音机里。播音员的假激动从来都没让您怀疑过这一切都是谎言吗？首都的最后一场球赛是一九三七年六月二十四日比的。从那一刻之后，足球，和全部其他体育运动一样，都变成了戏剧，只依靠录音间里的一个人或是摄像师面前穿运动服的一群演员而存在。"

"先生，是谁发明了这一切？"我问到了要点。

"没有人知道。也许也应该去查查是谁出的主意，让学校举办开学典礼，让君主进行奢华的访问。在摄影棚和剪辑室外，这些都不存在。您就相信吧，多梅克，大量的广告就是现代社会的附加记号。"

"那对太空的征服呢？"我唏嘘不已。

"那是一个外国节目，由美国和苏联联合制作。我们就不要否认了,它是一项值得称颂的科学节目的进步。"

"主席,您真是让我害怕了。"我一时忽略了等级之分,嘟囔着,"所以世界上什么都没在发生?"

"只发生着极少的事。"他带着他那英国式的冷漠回答,"我不太明白您的恐惧。人类都待在家里,瘫坐着,不是在阅读黄色新闻,就是在盯着屏幕或是听着播音员的播报。您还想要什么呢,多梅克?这是几世纪来的巨大进步,是强势来临的进步的节奏。"

"如果幻想破灭了呢?"我的声音细若游丝。

"有什么能破灭啊。"他让我平静下来。

"万一有人怀疑,我会沉默得像座坟墓。"我向他承诺,"我为了我个人对球队的拥护和忠诚而起誓,为了您,为了里马尔多,为了雷诺瓦雷斯而起誓。"

"您爱说什么就尽管说,没人会相信的。"

电话响了。主席把听筒拿到耳边,用有空的那只手向我示意了出口在哪里。

休 闲 机

原子时代、落在殖民主义之上的帷幔、现有利益之争、共产主义思想、生活成本的提高及已付资金的赎回、教宗对于和平的呼唤、我们日益衰弱的货币符号、匮乏的工作热情、超市的繁衍、空头支票的蔓延、对太空的征服、农田的荒废以及相应的贫民窟的兴起，这一切拼凑出了一幅令人不安的全景，惹人思考。诊断出恶疾是一回事，为之开药方则是另一回事。我们不敢自诩先知，却愿斗胆提出，我国对休闲机的进口，以及可以预见的对该机器的自主生产，将会如镇静剂般大幅缓和目前普遍存在的紧张情绪。对于机器王国的现象，人们已毫无异议；休闲机将此类不可避免的进程又向前推进了一步。

哪台是第一台电报机，哪辆是第一辆拖拉机，哪台是第一台胜家缝纫机，这些都是能让知识分子陷入困境的问题；关于休闲机则不存在此类问题。全球范围内没有一个反偶像崇拜者会否认，第一台休闲机是在米卢斯诞生的，并且，它无可争议的父亲是工程师沃尔特·埃森加特（1914—1941）。这位杰出的条顿人身上有两种性格：出版过两本优秀专著的坚持已见的梦想家，如今，在莫里诺斯以及黄种人思想家老子的肖像旁，这两本书已被人遗忘；他还是个有条不紊的踏实人，拥有顽强的执行力以及讲求实际的大脑，在设计了一些纯粹工业用的机器之后，在一九三九年六月三日，他创造了我们知道的第一台休闲机。我们说的是收藏于米卢斯博物馆的那台样本机：它不到一米二五长，七十厘米高，四十厘米宽，但却包含了从金属外壳到内部线路的一切细节。

众所周知，发明家的外祖母是法国人，邻居中最具名望的那一位认识她时，她名叫若蔓·巴古拉。我们写这篇激励大家的文章时参考的那本小书靠直觉指出，令埃森加特的作品尤为特别的那种优雅便源于法国理性主义的血液。我们该毫不吝啬地为这种亲切的假设鼓掌，更何况，大师事业的继承者、推广者让-克里斯托弗·巴古拉也认可了这个说法。埃森加特在驾驶布加迪汽车时发生了车祸，不幸遇难；他没能看到休闲机如今在能源工厂及办公室中的胜利。可以从空中看到它们，因为距离的缘故，它们显得十分微小，但正因如此，也更像当初他完成的那个作品原型。

现在若是有一份休闲机的图稿就好了，可以给那些还没能去圣胡斯托的皮斯通内乌巴尔德工厂一探究竟的读者瞧一瞧。那座标志性的装置的长度覆盖了工厂中心的整个平台。乍眼一看，会让我们联想到巨大的排字机。它差不多有两个工头那么高；有几吨沙那么重；它的颜色像是涂成黑色的铁；材料是铁。

一座临时的阶梯桥令参观者可以仔细探看并触摸到它。他会感到其内部有轻缓的脉动，如果贴耳去听，还可以察觉到遥远的絮语。事实上，它的内部的确有一套管道系统，水和大石球在其中的黑暗里流动滚动。然而，没有人会认为，这些就是休闲机吸引人群将它团团围住的物理特质；真正的吸引力在于那种意识，那种明白其中跳动着某个安静而秘密的东西、某个正在游戏与安眠的东西的意识。

埃森加特完全达到了他在那些浪漫的不眠夜所追求的目标；无论哪里，只要有休闲机，机器都在休息，而人，被其鼓舞的人，都在工作。

永 生 者

去看吧,它不会再被我们的双眼蒙蔽。

——鲁伯特·布鲁克

在一九二三年的那个朴实的夏天,卡米洛·N.乌埃尔戈将他写的故事《被选之人》作为礼物送给了我,书上还有题词与签名。我出于谨慎的考虑,在试着把书卖给数个书商之前,把题词页撕掉了,谁能想到呢,这本书小说的外表下,竟隐藏着绝妙的预言。乌埃尔戈的相片被圈在椭圆形的相框中,装饰着封面。每次看到那张相片,我都会感觉他就要咳嗽起来了,他是肺结核的受害者,那场疾病掐断了他原本充满希望的事业发展。事实上,他不久便去世了,死前并没有提到他是否收到了我给他写的那封信,这是我曾做出的最慷慨美好的举动之一。

这篇充满哲思的文章前的引文是我从相关作品中抄下来的,我曾请求蒙特内格罗博士将它翻译成卡斯蒂利亚语,但他没有答应。为了使不明所以的读者能够明白它的前后文,我会给乌埃尔戈的故事做一个精炼的总结,概括后的内容如下:

叙事者在丘布特拜访了一位庄园主,唐·吉耶尔默·布莱克,除养羊之外,他还将他的聪明才智用于研究柏拉图那个希腊人的晦涩难懂的学说以及外科医学的最新实验。唐·吉耶尔默以其独特的阅读经验为基础,提出了一种看法,认为人类身体的五种感官会阻碍或扭曲人们对现实的理解,他相信,如果我们能从这些感官中解脱出来,便会看到现实的无限性。他还认为,那永恒的范本就位于灵魂深处,它们是事物的真实模样,而造物主赐予我们的器官,笼统地讲,给我们造成了障碍。它们就像是墨镜,令外界事物昏暗模糊,并且令我们忽略自身携带的特质。

布莱克让一位女摊贩怀了孕、生了孩子,为的是让这个孩子去凝望现实。他永远地麻醉了他,让他变瞎变聋哑,使他摆脱了嗅觉和味觉的束缚，这是他对他最初的关照。同时，他还极其谨慎、极尽所能地避免这位被选之人意识到自己的身体。此外，他依靠一系列装置来解决其呼吸、血液循环、吸收营养以及排泄的问题。很遗憾，这位被解放了的人无法与任何人交流。叙事者因为一些实际问题匆忙离开了。十年之后，他又回到了那里。唐·吉耶尔默已经去世；他的儿子仍然在放满机器设备的阁楼上以他设计的方式维持着生命，均匀地呼吸着。叙事者在永远地离开那里时，留下了一个点燃的烟头，烧光了那栋乡间宅邸，他也不明白，自己这么做是故意的还是纯粹无意的。乌埃尔戈的叙述就这样结束了，在他那个时代，这实在是个怪异的故事，但时至今日，在科学家鼓动出来的火箭和宇航员面前，它也便不再奇怪了。

在为一个死者——我不可能对他本身还有什么期待——的幻想曲一口气写下了中立客观的故事梗概之后，我重新回到了故事的精髓。记忆为我重现了一九六四年的一个星期六的早晨，那天我约好了去见老年病医生劳尔·纳尔本多。悲伤的事实是，我们这些从前的小伙子都渐渐老了：乱蓬蓬的头发变稀疏了，不是这只就是那只耳朵聋了，皱纹里开始积聚绒毛，槽牙凹下去了，咳嗽扎了根，背也驼了起来，脚也更容易被地上的破烂儿绊住，总而言之，一家之长失去了力量。毫无疑问，对于我来说，已经到了该向纳尔本多医生请求一次大整修的时刻了，更何况他是给器官以旧换新的好手。那天下午有远足者队对西班牙人体育队的复仇之役，所以我只得忍着灵魂的伤痛，向位于科连特斯大道和帕斯特乌尔街交叉口的咨询处走去，一路担心自己在赴这荣誉般的诊疗时比别人到得晚。据悉，咨询处在石棉大厦第十五层。我乘埃莱特拉牌电梯上了楼。在纳尔本多的名牌旁，我按了门铃，最终，我鼓起勇气，穿过半掩的门，走进等候室。我一个人在《女士》杂志和《比利肯》儿童杂志的陪伴下，忽略了时间的流逝，直到十二点，布谷鸟钟开始鸣叫，我才从沙发上惊起。当下便问自己：发生了什么？怀着侦探精神，我冒险向下一个房间迈了几步，开始探索，在那个干净利落的环境里，尽量像石鸡一样安静地躲藏着。从街道传上来喊叫声、卖报人的叫卖声，还有挽救了行人性命的刹车声响。然而，我的周围却寂静无声。我穿过一片类似实验室或药店储藏间的地方，里面满是仪器、小瓶。在找厕所的想法的驱使下，我推开了尽头的一扇门。

我在里面看到了自己的双眼不能理解的东西。那个狭小的空间是圆形的，被刷得很白，屋顶很低，亮着霓虹灯，没有一扇能缓解幽闭恐惧的窗户。有四个人物或家具置放于其间。它们的颜色与墙壁相同；材料是木头；形状是立方体。在每个正方体上方都有一个带通风口的小正方体，下方则是它的邮箱的缝隙。仔细看出风口的话，您会警觉地发现，有类似眼睛的东西从里面追随着您。有沉重的叹息声和微弱的呼声从缝隙中不规律地断断续续传出，连上帝都无法捕捉到言之有物的词语。每一个装置对面都有另一个装置，两侧也分别各有一个，它们组成了聚会的形式。我也不知道过了多少分钟。就在那时，医生走进来，对我说：

"不好意思，布斯托斯，让您久等了。我去退远足者队比赛的票了。"他指着那些立方体，继续说道，"我很高兴向您介绍圣地亚哥·希尔贝尔曼、退休抄写员路杜埃尼亚、阿基里斯·莫里纳利以及布加尔德小姐。"

从那些家具中传出了虚弱的声音，更确切地说，难以理解的声音。我立即伸出了一只手，但没能愉快地握上他们的手，于是便带着僵住的微笑，一步步向后退去。我尽力到达了前厅，甚至口齿不清起来。

"白兰地，白兰地。"

纳尔本多从实验室回来了，手中拿着一个装满水的刻度杯，在里面溶解了几滴腾起气泡的液体。真是灵丹妙药啊：我那种要呕吐的感觉迅速消失了。随后，在把通往那个空间的门的门锁转了两圈之后，他为我做出了解释：

"亲爱的布斯托斯，能让我的永生者吓到您，我很满意。从前谁会告诉我们，智人这种达尔文眼中几乎没有开化的类人猿居然能达到如此程度的完美？我向您保证，这里，他们的家，是印第安美洲唯一严格执行埃瑞克·斯塔布莱顿博士的方法的地方。您一定记得，这位众人追思的大师在新西兰逝世时在科学界内引起的巨大哀痛。哈克多梅在扩大其先驱的事业之外，还为其赋予了一些我们布宜诺斯艾利斯的特质。论文本身对他来说是小菜一碟；内容也很简单。身体的死亡总是源于某个器官的衰竭，您可以说肾脏、肺、心脏或是其他您最想说的东西。只要将机体自身会腐朽的成分替换成其他不会氧化的零件，灵魂，您，布斯托斯·多梅克就没有理由不能永生。这不是任何哲学诡辩,身体会不时自我修缮、填补,居于其中的意识永不损毁。外科手术向人类提供永生。最基础的部分已经完成;思维在持续并将持续存在,无需恐惧它的终止。每一位永生者都会因成为永恒的见证者——我们的企业会为其提供保证——而欢欣鼓舞。日夜被一种磁场流系统灌溉的大脑,是最后一座滚动轴承与细胞共存的动物堡垒。其余的都是美耐板、钢、塑料。呼吸、饮食、繁殖、移动,还有排泄!这些都被克服了。永生者是不动的。的确,有些地方尚待改进;声音的播送和对话还有待提高。关于所需费用呢,您不用担心,有一套避开法律条文的程序,候补者向我们转赠他的遗产,纳尔本多公司——我、我的儿子以及他的后代——承诺为其永久维持现状。"

就在那时,他将手放在了我的肩上。我感觉他的意志控制了我。

"哈哈!被吸引、诱惑住了吗?我可怜的布斯托斯。您有两个月的时间把一切都换成股票交给我。至于手术,我给您出个友情价:实际价格是三十万,我给您二十八,说的是万,咱们都理解。您的其余财产还是您的。住宿、接待和服务都包含在价格内了。手术本身是无痛的。只不过是截肢、截取器官，随后再进行替换而已。您不要过度思虑。最近这些日子要尽量保持平静，不要操心。不要吃过于油腻的食物，不要吸烟、喝酒，在喝威士忌的时间还是可以喝上一杯，但得是在原产地装瓶包装的。不要因为等得不耐烦而激动。"

"不用两个月。"我回答他，"一个月就足够了，还多余呢。我从麻醉中醒来，就是一个立方体了。您已经有我的电话和住址了；咱们保持联系。最晚星期五，我就回这儿。"

在出口，他送了我一张内米罗夫斯基博士的名片，说他会帮我办理一切关于遗嘱执行之事宜。

我带着完美的谨慎，走到了地铁口。跑下了台阶。立即收拾行李；当晚就不留痕迹地搬去了新公正酒店，在那里的住客登记册上，我写下了阿基里斯·希尔贝尔曼的假名。在走廊尽头面朝庭院的小房间里，粘着假胡子的我，写下了这一篇阐述事实的文章。

积 极 贡 献

与奥尔特加的对话是振奋人心的。当然了,想追上这位先生可不容易;他今天在亚瓦约尔拿着话筒,明天又若无其事地从莱切洛火车——它像蚯蚓般在布尔萨科来回移动——的窗口和我们打招呼,后天,谁知道他又会在哪里。他有不安的灵魂,人们可以在会议、学院还有美术展上瞥见他的身影;在这里停一下,在那里待一会儿,真应该看看他是如何融入环境的。众所周知,他是个代理商。

有一次,我正难受着,耷拉着脑袋,喝着几壶——我可以向您保证——世上最寡淡的马黛茶,疲惫不堪之际,我定睛一看……看见了谁呢?请诸位就不要奋力猜测了,连最机灵的家伙怕是也猜不到的。我所看见的那个正给杂志做广告的、从远处若无其事地向我打招呼的人，就是青年代理商奥尔特加。

厨房的表显示是下午五点，我正在他家的门廊上享受着清凉的微风。那位先生正一刻不停地忙着，围着火炉和皮革的染料井团团转。后来，他穿过干涸的井，从低处仰头对我说：

"咚咚锵，抄写员朋友，咚咚锵！我给你带来了一种当代文化杂志形式的安慰剂。造型艺术。文学。戏剧。电影。音乐。评论。"

原来，那本奥尔特加拿在手里摇来摇去的未知杂志不是别的，正是《字里行间》的第三期。大家会说，这么一位好朋友的从容话语应该像牛奶咖啡和猪油面包一样，能让我无精打采的身体打起精神，我对此也并不持反对意见，但事实上，在被一些有害的、乏味的杂志伤害了多次之后，啊呀！重新建立起信心实属不易。那些没礼貌的永远的年轻人所做的周报最终总是让人厌倦，为了捧一个，就会杀另一个，他们做这件事时的效率简直令人吃惊。

我其实并不想，但最后还是顺从地接住那本刊物，在读到以下文字时，我的反应可不怎么招自己喜欢：

你微笑的时间将钟表叫醒

你微笑的时间为钟表加速

你唱出了不可阻止的歌声

可以震撼僵化之人的歌声。

我在这猛烈的震撼中踉踉跄跄。感觉自己再也不会是从前的那个自己了。但，很快，当我遇见下文时，便又被提升到了更高的高度：

这些人在自己的时间中冬眠，我们已经无法为他们的观点赋予价值，他们坚持忽视当今社会的沟通形式。尽管有有轨电车，作家们也应该服务于他所处的时代。

我很喜欢这一段话，就像往一个人的嘴里塞满精制砂糖的感觉，但对我来说它还不错，而且我一下子就抓到了这另一个概念，在同一页上：

毁灭，是对奇特态度的捍卫，是失败的变位形式，这些都是做出积极贡献的元素。

对于那个年轻的奥尔特加——他真是个恶魔啊！——来说，我的情绪并不令人意外。他很人性化地、仁慈地朝我微笑着，仿佛是我的父亲。这位有恩于我的先生很清楚，尽管职业给我们留的时间非常有限，我还是给严肃起来的精神世界保留了一个小角落，确实如此。

他卖给我这本便宜货时，出了一个特别价，并和我约好再为我找几本类似的。就在这时，一头不时搅扰他、令他不安的猪出现了，吞下了他黑色草帽的缎带、印着他名字首字母的部分和一些草帽的草，他像疯子一样逃跑了，仿佛被野兽追着似的，混合着红皮和黑皮白斑的猪，一直伴随他消失在我的视线中。

猪一走，气氛就静下来了，我在摇椅上坐好，在那完美的环境中，不再飞速翻阅那本杂志，而是开始按顺序重读，并加入了自己的思考。我的希望没有落空！纸上的文字迅速改变了我的印象。

他们能在文中提到我们的努力，让我们欣慰得很。我们眼前的《字里行间》如它最初的两期一样高傲，成功地把水平维持在了大部分公众所要求的高度。值得期待的作者、坚实的价值和重要的作家给予了这本新闻册子名望，它奉上的东西永远都是值得赞颂的和新颖的，用这种自己的方式，它关注着最现代、最火热的焦点问题。在这惹人注意的目录中，巴斯克、巴纳斯克等人的名字就很醒目。

让我们坦诚一些，毫无准备的读者至少会自问一句：这些作家、教授和好学的年轻人正在建立某种核心吗？在这个棘手的隐蔽问题面前，在等待一个更有思想的头脑为我们提供答案之时，我们也不要犹豫，可以进一步讲，他们想组成的是一种协会，以争取文化的权威。而我们则希望那个页面上方引导全刊的招牌"字里行间"能够长久地闪耀下去！

这个深植于我们资源的企业，在不同的出版、学术期刊、研究元和其他机构中，都有杰出的先驱。使它形成自己模式的，是与其解决问题和绘制插图的突出天赋结合在一起的审慎风格，这为它迎来了订阅者的选择。

JORGE LUIS BORGES
ADOLFO BIOY CASARES
Crónicas de Bustos Domecq

Copyright © 1995, María Kodama
Copyright © Heirs of ADOLFO BIOY CASARES and JORGE LUIS BORGES, 1967
All rights reserved

图字：09-2010-605号

图书在版编目（CIP）数据

布斯托斯·多梅克纪事 /（阿根廷）豪尔赫·路易斯·博尔赫斯（Jorge Luis Borges），（阿根廷）阿道夫·比奥伊·卡萨雷斯（Adolfo Bioy Casares）著；轩乐译．—上海：上海译文出版社，2019.5
（博尔赫斯全集）
ISBN 978-7-5327-8037-2

Ⅰ.①布… Ⅱ.①豪… ②阿… ③轩… Ⅲ.①短篇小说－小说集－阿根廷－现代 Ⅳ.①I783.45

中国版本图书馆CIP数据核字（2019）第072132号

布斯托斯·多梅克纪事	豪尔赫·路易斯·博尔赫斯 阿道夫·比奥伊·卡萨雷斯 著 轩乐 译	出版统筹 赵武平 责任编辑 张 鑫 装帧设计 陆智昌
Crónicas de Bustos Domecq		

上海译文出版社有限公司出版、发行
网址：www.yiwen.com.cn
200001 上海福建中路193号
上海信老印刷厂印刷

开本850×1168 1/32 印张5 插页2 字数52,000
2020年7月第1版 2020年7月第1次印刷

ISBN 978-7-5327-8037-2/I·4939
定价：55.00元

本书中文简体字专有出版权归本社独家所有，非经本社同意不得转载、摘编或复制
如有质量问题，请与承印厂质量科联系。T: 021-39907735